不畏将来
不念过去
2

十二 著

Contents

目录

001　　前言　｜　你真的相信明天会更好吗

1　珍视你自己，学会断舍离

009　每一次离开，都是一次新生

014　姑娘，这些话你听了会后悔一辈子

020　不是不想家，只是家太伤人

025　当年的你，是多么地拉风

030　有一种失恋，是你的幸运

034　太念旧的人，都走不远

038　喝一杯，敬当年的自己

042　没好好"浪"过的姑娘，驾驭不了后半生

047　总有一些人，根本不希望你活得比他们努力

053　到底什么是女王

058　你不是真正地爱自己

068　让你的脸匹配你的心

073　你那么孤独，却说一个人真好

078　那么，换个姿势再来一遍

2　好的爱情，也靠经营

085　不会番茄炒蛋的男人到底能不能嫁
089　廉价的付出，只能感动自己
094　女人到底应该怎么选，才最聪明
100　太沉重的爱，谁也担不起
106　没有生活的人，也给不了真正的爱情
110　一个真正成熟的男人是什么样子
115　最懒的活法，最痛苦
120　爱情，是一场永恒的博弈
125　你对他，比对自己更好更大方
132　所谓的经营家庭，到底是经营什么
138　越会偷懒，越幸福
144　未来世界的钱、爱、性将会怎样
150　爱是疲惫生活中的英雄梦想
156　先看过世界，再结婚

3　优雅从容是一辈子的修行

165　多少人的感情,输在了不懂仪式感

171　唤醒自己的身体,拧动那把钥匙

176　看一个人,要看他内心的温度

180　婚姻失败,早就不等于人生失败

186　如何成为一个内心强大的人

192　靠谱,到底有多重要

197　求爱情,不如求自己

202　是的,你就是这么贵

206　真正好的生命,是一条能量流动的河流

212　一个人的内心,什么时候最富有

216　《欲望都市》二十周年,到底教会了女孩们什么

223　等你有钱了,就一定有生活吗

227　三十三岁终于知道:为什么人生不争就是争

232　你变了那么多,都是为了心中不变

前言

你真的相信明天会更好吗

距离2013年《不畏将来 不念过去》上市,居然有五年了。

那是我第二本书,上市之后,登上了很多畅销排行榜,拿了很多奖,但大家并不知道十二是谁。我没参加过活动,没接受过采访,因为彼时我有了人生中更重要的作品,我的第一个孩子。

2016年,我出了《贪心的女人更好命》,然后是《最好的年龄才刚刚开始》的修订本。

现在是2019年,我才写了这本新书《不畏将来 不念过去2》。

很多人说,十二,你写书太慢了,别人都是一年出一本新书呢。然而我真的不高产,每一本书,都是自己一段人生的见证,都是需要用岁月熬出来的。这个时代已经有很多快销品,但我仍然希望自己的文字可以陪伴人们更久一些。

五年来，我做了些什么呢？

很多读者，会很好奇我的年龄、我的生活，因为从我的文字里不大看得出来。

五年的时间，我升级当了妈妈，有了两个雪娃娃一般好看的孩子，这是上天赐给我的礼物。每当儿子问我：妈妈我是怎么来的啊？我便跟他说：妈妈说，希望有一个宝宝，然后肚子里就多了一个你。生出来一看，你就是我想要的那种宝宝。后来，他经常得意地问：妈妈，是不是我就是你想要的那种宝宝啊？妹妹也是吧？

五年的时间，我做了一个公众号，从自由散漫的作者，到敢去当老板，有了自己的小团队，尝试了很多我以前都不敢做的事情。

我还带孩子和家人去了很多有趣的地方，吃了很多美味的食物——这些仍然是我余生很重要的事情。

五年的时间，跟先生非常平稳平和地度过了很多难关，我们依然是有话可谈，互敬互重。

人到中年，一切都比我过去想象中的要更好。

我们在二十几岁的时候，总是会对中年人的生活状态有许多的恐惧，但我要告诉你们的是，无论多糟，你都会比你的父母活得更好。我想，对于父母来说，我过得也比他们想象中更好。曾经他们对我有种种担忧、怀疑、指责，现在慢慢都没有了。

其实，只有当你的内在总是像小孩子一样的时候，你的父母才会不停地唠叨你、干涉你、逼迫你。一旦他们发现，你的一切都自有章法，你能管理好自己的人生的时候，父母自然就会退场，把舞台交给你。

这样说，听起来好像一派岁月静好的样子，但其实，人在任何阶段，都依然有各个阶段的忧虑和恐惧。

从出生到少年，从少年到中年，从中年到老年，人这一生，其实都是活在一种未知里。所有人都想要安全感，希望有人来护你一辈子，爱你一辈子，保你一辈子。

这个人要足够强大，要足够沉稳，要足够包容，这样，我们就不会那么累了。

小的时候，我们以为这个人会是父母亲。可惜，并不是。因为很快到了少年期，你就会发现，父母一样有懦弱、幼稚的一面，他们其实都打理不好自己的人生。

后来，我们开始恋爱，会想象自己喜欢的那个人，背影是好看的，气味是好闻的，一切都是美好的，如果他愿意像你爱他那样爱你，那简直没有其他事可以让你更满足了。

可惜，他也并不是那个人。

我们如照镜子一般，看到他身上的种种缺点，他们一样有自卑、虚弱的一面，发生问题的时候，一样逃避躲闪，不愿意主动去面对。

再后来呢，我们总希望，遇到贵人相助，能够帮你渡过难关，能够为你指点迷津，就像武侠小说、玄幻小说、爱情小说里面那样，他随手帮一下，你就能超越现在的状态。

然而，这个人，似乎也并没有出现。

所以，长大，本质上就是一种破灭，一种不断的破灭。

你曾经以为强悍的、完美的，后来却发现，他们都是一样的被困于喜怒哀乐的普通人。

你曾经以为你长大的那个城市，那么大，那么宽阔，后来却发现，它是那么小，那么小。

原来，没有这么一个人。

千万不要以为这种破灭，是你运气不好，是人生的悲哀。并不是。因为这是每一个人都会经历的——不破灭，怎么会有重建呢？

无论你想要成为谁，你想要过什么样的人生，唯一的一条路，就是修炼自己。

有些人比你优秀，比你无畏，那是因为他们修得早，他们的家族可能已经修了好几代人。而你呢，没有太多可传承，只能从这一世，从当下此刻，开始学习：如何才能活出自己。

也许你懊悔自己开始得比较晚，但没有关系，在生命的长河里，永远都不迟。

当我回望过去的那一本书《不畏将来 不念过去》，那里有很多的灵光闪烁，在那个时候，上帝握住我的手告诉我，路该如何走。

五年过去了，我可以说，这条路，我没有走错。

不用怕，走着走着，就到了下一个路口。

但其中还是有一个巨大的进步，那就是曾经的我，是看到了路口的一点光亮，于是无畏地冲过去。那个时候，更多的是不怕犯错，不怕摔倒，相信总有一条路可以走通。

然而现在，即便经历过了更多的破碎，我却不只是无畏了，而是更多地跳脱出自我的情绪，来洞察生命这回事。以往，我会认为，我要处理父母、丈夫、孩子、下属、朋友、读者……诸如此类的关系，好累啊，好复杂，时常感觉快要被消耗掉了。

但如今，我会觉得，啊，他们都如此地信赖我、欣赏我、支持我，好棒啊，我可以感受到他们也有能量传递给我了。

这两种能量状态，截然不同。

前者看似强大，实则脆弱不堪，濒临崩溃。

后者是轻松的，是自如的，是永远都有希望的。

这就是这本书里，我想传递的能量。

不用那么焦虑，不用那么控制，也不用那么恐惧。

你拥有的东西，都好好地在那里。

如果他们要离开，那是他们的意愿。

你要相信：

有人来，就会有人去；有人去，就会有人来。

来来去去，关键的是，你知道：

你需要谁来，而你要去向何方。

这远比你紧盯着失去的、留不住的、来不了的，要更好。

你要相信：

你真的比过去更努力；

你真的会比过去活得更好；

你真的值得拥有更好的人生。

1

珍视你自己,学会断舍离

每一次离开，
都是一次新生

中国的女孩子开始谈恋爱的时候，都会有一个不切实际的想法——跟这个人相濡以沫，走到最后。这似乎是从很小的时候就被灌输的一个理念：如果你爱一个人，就要爱一辈子，要如此忠贞才能算爱情。而如果他这辈子也只爱你一个人，那你就是世界上最幸福的人。

很少有人在一开始就去质疑这个理念到底对不对。童话里，都是这样的，只要遇到对的人，王子公主，从此永不分离。但如果你问那些走过小半生的单身姑娘：你还想着跟一个人爱到天荒地老吗？她们多半会笑：一辈子，只吃一道菜，你不会腻吗？爱情是多么棒的体验，恋爱当然要多谈几次才行。

从相信童话和永恒，到最后把爱情看成是人生极致体验中的一种，只有她们自己知道，到底经历过什么故事，才有这样的脱胎换骨。后者也并不是游戏人生，只是参透一件事：不以一生一世一双人为目标，你会活得轻快很多，你可以去做更多更棒的事情。

说来容易，做到当然是艰辛的。

我还记得，当年被分手的时候，心若刀割，哭到不能自已。心里好像破了一个洞，怕是再也无法填补了。理所当然地以为不可能再相信爱情了，也没有能量再爱了。在那半年的时间内，走在路上的时候，就会想起过往那些甜蜜的时刻。路过曾经一起去过的地方，眼泪会不受控制地唰唰往下流。太多东西，都曾被打上了那个人的印迹。以至于，好像这一生都摆脱不了他的阴影了。

最耿耿于怀的是：为什么他放弃了我，是不是我不够好？是不是那个人比我好？这样的问题，一直在脑子里盘旋，压得我翻不了身，却没有一次感激过——天哪，我终于从这样痛苦的感情里脱身了，我自由了，我应该庆祝啊。

直到后来，才发现，对于没有勇气主动离开的人来说，真的应该去感谢那个毫不留情、主动离开你的人。因为，如果他不离开，我真的再难过也会熬下去，我真的再不合适也会坚持下去。我会对我的感情尽忠，撞到南墙也不会回头。

所以，感谢不娶之恩。

这句话，真的不是空谈。

特别是当我看到很多人，遇到了"鸡肋"一般的感情，对方不好也不坏，不懂她也不够爱她，可因为他没有出轨，没有犯什么大错，因为他毫无离开的打算，因为自己也不敢离开，于是就嫁了，然后抑郁半生，无路可走。因此，更加感激那个"绝情"的人。

是他让我醒悟，感情，不是你坚持下去，就一定有好结果；是他让我知道，离开，不是抛弃，不是背叛，而是祝福。

从此，痛苦以后，就再也不畏惧做那个主动离开的人。

人生啊，有了第一次，第二次也就不再那么难了。工作也是如此。我的第一份工作很顺利，没有艰难地面试过，连简历都没有写过，直接留在了实习的公司，而且很快就被重用。但也因为这样，我完全不知道该如何面试，如何跳槽，不敢主动离开，去尝试别的工作。我害怕职场斗争，害怕要和新的同事相处，我也恐惧自己出去后受挫，想象了各种糟糕的可能。

直到我意识到，如果二十几岁的我不敢离开，那么以后三十几岁的我，恐怕更加没有勇气走出去了。

等到我真的逼自己离开以后，我发现，事情没有那么顺利，但也绝对没有那么糟糕。当时很多人无法理解我，认为我在最好的上升期离开，实在是太不理性了。

但只有我自己知道，我是为了什么——我是为了击败自己内心的恐惧。

几万年前,当人类的始祖从山洞里走出来的时候,他们当然也是恐惧的,外面的世界到底如何,有洪水猛兽,还是有巨型怪物,谁也不知道。但如果不走出去是死,走出去也可能是死,那么走出去,或许还有一半生的可能。

这是大多数人的人生困境。

没有人可以为你预测,离开这一段感情,下一段一定会更幸福;也没有人向你保证,离开这一份工作,下一份一定会有更多机会和薪资。但如果你确定,当下所拥有的并不是你要的,你是可以主动离开的。

不是为了证明下一个更好,而是证明自己有修正的勇气。只要还有一腔孤勇在,你就不会被任何人、任何事困住。这会令你相信:是的,我是有选择的,我一直都是有选择的。

这种相信,才能让你在后半生不用每天活在惶恐、担忧中,不用担心你离开了谁就不能活,不用担心你没了这份工作就不能活。

因为,你是可以面对离开的,你承受得起离开。曾经可以,现在可以,未来也可以。

这与你的道德无关,与你的人品无关,选择权,这是生而为人的一项权利。

地球不会因为任何人而停止转动,世界不会因为任何人而停止改变。你的任何固执的不放手,都不可能让你永远无须改变,就能一劳永逸地过完这一生。

So, let it go.

把每一次离开,当成一次新生——
不管是自愿离开,还是被逼离开。
当你一次次蜕变,你也就日益勇敢。

你甚至会成为那个敢于主动离开的人,而无须感觉愧疚和自责。只有这样,你才能成为那个更好的人,你才会为自己打开无数新的窗、新的路。

因为,没有哪一个越来越好的人,不需要面对离开。

姑娘，
这些话你听了会后悔一辈子

前几天，一个朋友很苦恼地跟我说：每次一回家，就感觉瞬间跌入了另一个世界里。

家族里所有的女性都会觉得，快到三十岁还没结婚的女人，是最可怜的。至于三十几岁离异的女人，那简直不用活了，只要哪个男人愿意要你，就谢天谢地赶紧结婚吧。

我想到她已经在大城市有了自己的事业和工作，都还要面对这样深深的误解，可想而知，二十出头刚毕业的姑娘，每天听到这样的论调，不知道该有怎样深深的恐惧和担忧。

但是，有些话，你听了真的会后悔一辈子的。

1. 找什么男人结婚都差不多的

这句话真的是我听过的极其普遍的一句话。

一个朋友当年迟迟不肯结婚，她妈就是用这句话说服了她。她大学毕业后就只谈过一段恋爱，虽然不怎么幸福，但确实也并不知道到底生活还可以怎么不一样。于是，就跳进了这么一段只有70分的婚姻里，结果婚后，马上发现，这婚姻质量不是70分啊，可能连60分都没有。

两个人吃不到一起，玩不到一起，聊不到一起，花钱也花不到一起。她成了一个负能量爆棚的人，怎么看对方都不顺眼，觉得他做的每一件事、说的每一句话都令她心塞。

她才发现，为什么她妈觉得男人都差不多。因为她自己和周围的人，本来就没什么生活质量啊。她们的追求，无非就是一日三餐，打打麻将，逢年过节买件皮草穿穿，戴上黄金翡翠彰显自己过得好。还特别擅长自我安慰，觉得自己过得比别人好多了。

所以她们看谁的婚姻，都觉得差不多啊。

真的差不多吗？

在她妈妈年轻的时候，身边的人没受过太多教育，没看过什么世界，吃的穿的都是差不多的。但现在———

一万块的包，能和一百块的包差不多吗？

手工做的头层牛皮皮鞋，能和流水线上那些硬邦邦的皮鞋差不多吗？

人生永远没有差不多，只有差很多。

2. 婚姻，就是女人给自己买了份保险

很多老派的父母依旧天真地以为，女儿拿到了结婚证书，嫁给一个条件不错的男人，就相当于有了一份终身保险。于是，不停劝自己的女儿在婚姻中忍耐、牺牲、妥协，却不知道现在和过去情况截然不同。以前受到环境的束缚，出轨的道德成本太高，而且女人和女人之间的差距，并不像今天这样有天壤之别。所以，很多婚姻，即便受到一些挑战，只要愿意忍过去，总有一个好结果。

但现在，当女人为家庭奉献半生，内在和外在都已经毫无竞争优势，而男人在外面却有诸多的选择，既可以选事业优秀、视野开阔的成熟女性，也可以选比自己小十几岁的年轻姑娘。但凡这个男人没有感恩之心，离婚成本又低，即便女人隐忍多年，最后也只能被抛弃。

婚姻很可能不但不能让你保值增值，还会让你急剧贬值。

婚姻很可能既不是社保，也不是商业保险，而是让你成为一只跌停的股票。

对女人来说，真正的保险，只有自己。

不管嫁给谁，都一定要让自己增值，才能跑赢年龄和岁月。

3．男人只要赚钱养家，你就忍忍吧

现在很多四五十岁的女人，在人生过半以后，仍然选择离婚。因为孩子终于长大，因为终于受够了男人的大男子主义、懒惰成性、脾气暴躁、情商负数，于是决定在人生余下不多的时光里，为自己而活。一个朋友的母亲就是后一种情况。她一度还很积极地撮合父母复婚，母亲回去了半个月，尝试了再在一起生活，结果坚定地说：我宁愿孤独到老，也不想回去受那份罪了。

之前有一篇很火的文章，讲的是母亲离婚了，原因是再也无法忍受父亲对着她的兰花弹烟灰。

外婆无法理解母亲的那些理由，"不爱洗澡，衣服袜子乱扔，记不住结婚纪念日，没空陪她，天天打牌"，这些算什么毛病，男人不都是这样吗？

作者说，有一次妈妈生病住院，继父坐在床边，为妈妈旁若无人地读着书。旁边病床的阿姨看着这一幕，满脸的羡慕和不甘。而她在那一刻，终于理解了妈妈的那一句"一辈子太长了"。

4. 苦了一辈子，习惯了

因为孩子的缘故，我现在也常年和父母一起生活。有时候大清早，就被父亲大声指责妈妈天天看手机的声音吵醒。

我父母是完全不同的两种人。爸爸极其固执，不玩微信，爱旅游，缺乏同理心。而我妈特别爱照顾人，也特别喜欢研究新事物，会网购，玩微信，会拍照，还是我公号的忠实"粉丝"。

我时常想，如果遇到一个知冷知热、脾气温和的男人，妈妈应该也会更温柔，更开朗吧。但每次我和她聊起哪个朋友决定离婚的时候，她都会说：都这个年纪了，忍忍就过去了，再找也找不到什么好男人了。再说都有孩子了，为了孩子也不应该离婚。

我跟她说：你们苦了一辈子，习惯了，可我们这代人真的习惯不了。

5. 至少你没有让自己成为悲剧

很多姑娘常常悲观地跟我说：变得更好了，似乎也没有遇到更好的男人，还似乎面对更深的恶意。这样做，到底值得吗？

我跟她说：我们确实改变不了男人，也改变不了现状。

有可能，你还在不停努力，不停奔跑，依旧还没有迎来爱情电影里的 happy ending。但亲爱的姑娘，想想那些被逼生男孩的女人,想想那些产后抑郁的女人,想想那些毫无经济自主权的女人,想想那些多年无性婚姻的女人。

变得更好,最大的价值和意义是——

你没有被时代最坏的一面改变和影响;你让自己避免了成为悲剧;你拥有了谁也夺不走的安全感。

不是不想家，
只是家太伤人

如果现在的我，还没有结婚，还没有生子，我想，我是不敢回家的。

大部分我认识的过了二十五岁还没有结婚的姑娘，对父母或者家里，都是一种矛盾纠结的心理：既愧疚，又难过，但是仍然没办法和父母好好说话，因为父母也没有办法好好和她们交流。这十年，城市发展的差距，已经不只是父母从电视和手机中看到的那么简单，每天在大城市接触的事情，比小城市要多很多倍，这已经不是有没有高楼大厦，有没有地铁高铁的区别。

不得不说，很多在大城市的姑娘们，兢兢业业，活得比汉子还要拼命，就是为了让家里人看看自己也可以很优秀。可惜，大部分父母根本看不到今年的你比去年长进了多少。你再努力，也不能让他们有面子。

孩子们要活给自己看,父母却在让她"活给别人看";

孩子们太想去看看世界,父母却希望她们在小城市悠闲地度过一生。

更不用提让他们接受你每天早晚瓶瓶罐罐抹几层。很多人一回家听到的话语无非就是:这些都是化学物质,抹这些纯属浪费钱。于是,在大城市从头到脚精心装扮成Kelly、Nina、Coco的office lady们,到了家全部变成了翠花、招娣、胜男。

家是一个神奇的地方,可以瞬间摧毁你多少年好不容易建立起来的一点宝贵的自信。那些你在心里反复掂量的独立、自由、梦想还有爱情,在他们眼里不值几毛钱。值钱的东西只有房产证、结婚证、户口簿:

"你都弄不了户口,在那待着有什么用?"

"再努力,你什么时候才能买得起一套房?"

"再不结婚,我出门都抬不起头了。"

听腻了的老三样。可是,每一样,都让很多人无力反驳,瞬间被拍回泥地里去了。

其实你知道,在他们的世界里,吃饱饭是人生最最重要的一件事,因为他们知道挨饿的滋味。可你不想活一生,只是做一个顿顿吃饱的人。

你知道，他们怕你吃苦受累，最后还是得不到什么结果。因为他们身边很少见到谁真的靠自己改变过命运。他们早已认命。可你还相信自己，还不愿意放弃自己，你知道自己还有机会。

你知道，他们其实对你没有太高的要求。健康平安，过着和大部分人一样的正常日子，这让他们觉得安心。可是，在大城市，你过的就是再正常不过的日子，你并没有搞特殊化。

不是不知道他们要什么，只是，真的，实在做不到。

小的时候，他们可以要求你做到这个，做到那个。做不到的你，会偷偷哭，会自责、埋怨、愧疚。现在你依然会愧疚，可不同的是，你还是想坚持走自己的路。于是，有太多话在嘴边，几秒钟就吞了回去。

有多少人在家，变成一个只会吃饭、睡觉，感知麻木的人，因为不能太敏锐，太敏锐会委屈，会痛苦，会愤怒。不是不爱父母，不是不心疼父母的老去，是相处无能。

我们总觉得，只有在到家的那一刻，心才是无比喜悦的。而在离开家的那一刻，心里开始五味杂陈。真正再回到大城市的那个蜗居，虽然简单，却感觉松了一口气——终于回来了。紧接着，我们害怕接到他们的电话，也害怕打电话给他们。

不是不想念，不惦念，是说不出口。说出来，似乎也觉得多余。他们在乎的不是这个。我记得我妈第一次到我租住的单身公寓，她推开门，那样狭小，厨房仅够一个人转身。过了几天，她就不太适应，说楼房太高，看得眼晕；房间太小，住得憋屈。去哪都觉得太远、太挤。在他们眼里确实是很难理解：大城市到底有什么吸引力？如果你在这里不赚钱，为什么不回老家去？他们不明白。

即使再辛苦，再累，常常加班到深夜，却能清楚看到自己做了什么，正在做什么，在这里，你不是一个庸碌无为的人。

即使没有一个有血缘关系的亲人，却有远比亲人更贴心的朋友，在他们面前，你可以自由地说话，做真实的自己，甚至你还可以自由地流泪，不必担心他们看不起你。即使空气不那么好，房子不那么大，交通很拥挤，却能遇到很多有意思的人，体会一个城市的变化。这就是我们不愿意离开的大城市，它像一条四季流动的河流，再努力一点，风景就会不同。

为什么要留在大城市？不是家里不好，也不是城市更繁华，只是因为，想知道自己，到底能活成什么样子，只是因为，不想要一眼就能望得到死的人生。

或许当我们足够强大了，就能越过那些唠叨、抱怨、指责，清楚地看到那双忧愁的眼睛、那花白的头发，还有那些没说出口的担心和害怕。他们老了，所以他们有很多的不懂、不理解。

而到了那个时候，我们大概已经拥有了一个不伤人的、属于自己的家。是的，这就是我们努力的原因，不让努力的自己留下太多遗憾。

当年的你，
是多么地拉风

1. 为什么有的人那么受欢迎？

很多人问我什么是世面。像在我写过的故事里那样出国旅行，然后转角遇到爱，幸运地嫁给一个有钱人，就是见世面了吗？这只是见过世面之后，可能带来的结果，只是世面能赋予人的非常小的一部分。世面，就是一个人看世界的角度和思维。

举一个简单的例子。年轻的女孩，都很容易喜欢上成熟的年长男人。他们未必长得多帅，也不一定多有钱，但是他们眼里的世界不一样。

一个男人描绘自己心中世界时的样子，是最有吸引力的，如果恰好那个世界是这个女孩向往的，她很难不沦陷。见过世面的人，自然能把一件很稀松平常的事讲得妙趣横生。

说起开车,他能跟你说,在戈壁开车,太阳在一边落下,月亮在另一边升起;在海边公路开车,大海如何在一天之中变换十几种不同的蓝色。说起喝茶、喝酒,他都可以讲出如何才能品尝里面不同的真意。这就是一种强大的魅力:我见到的世界和你不一样,我见到的那个世界更美、更有趣、更丰富。

而更深的一个层次是,连我见到的路都和你的不一样。

2. 不同的眼界,不同的选择

当你见到的世界不一样,当你遇到的人不一样,你就会开始看到:你可以做出不同的决定和选择。在我二十几岁刚毕业,还在纠结怎么样赚到更高工资的时候,另一个朋友去过一次香港,回来就开始规划去香港读研究生。

我说,应该很难录取吧。她说,重要的不是读什么,而是离开。当时她已经有男朋友,但很快就分手了,因为没有办法再沟通。后来,她又出国读了金融,现在的年薪已经到了很多人不可企及的地步,先生也非常优秀。

在同一个公司的时候,我们感觉和她差不多,一样的朝九晚五,可是她看向未来的眼光和我们完全不同,所以多年后,很多同事还在那家公司拿一份工资,而她已在另一种生活方式里。这就是我们的不同，我觉得那是高不可攀的选择，而她却觉得能够达成。

不是你的人生没有选择，而是以你见过的世面，根本看不到有其他的路可以走。

3. 年轻时不要停下来

有个朋友是投资经理，跟我说，她一天最多跑了四个城市。我说：为什么那么拼？她说：我们这一行，必须跟着最新、最快的模式跑，不然很快就会被甩在后面。

我问她：一个女孩子这么拼，不累吗？她笑了笑说：我也问过自己这个问题。这个职业频繁出差，恋爱都谈不长久，可我还是喜欢这个行业啊，感觉自己就是那个追着太阳跑的人，可以和聪明优秀最的人在一起，那种速度感和成就感，别的工作给不了。

她一开始只想读书做研究，于是就去读了经济学的研究生。毕业后有猎头来挖她去做风投，她心想做研究似乎太无聊，就去了。去了之后，一点点学起，开始发现自己更喜欢做这个。

所谓的见世面，就是不断纠正路线的过程。

因为每个人的人生，没有人帮你去探路，你必须自己去做那个探路者，一点一点发现自己内心真实的追求和渴望，你才知道，理想到底是什么。这就是让内心理想离现实世界越来越近的过程。

如果她没有去读研究生,她也不会发现,原来做研究并不适合自己。如果她害怕离开学校,她肯定就会拒绝猎头的邀约。如果不是进入新的行业,她又怎么知道,她骨子里并不像外表那样娴静,而是更享受速度感?人是需要先把自己这颗球丢出去,反弹回来之后,才能知道,离墙壁的距离到底有多远的。

我问她:你的父母难道不催婚,不担心你吗?她说:当然担心,他们和其他父母一样,甚至有时候如果我的航班很晚,他们会一直等到我平安落地才会睡觉。可是,他们也知道,我的人生,他们已经指导不了。我站在浦东的50楼高层,而他们住在县城的5楼,看到的世界怎么会一样呢?我跟他们说:不要担心,总有一天,当我遇到一个可以让我停下来的人,我会停下来,但不是现在。我还在期待后面的戏码。

我希望有一天,当我停下来,我可以跟自己说:当年的我,是多么拉风。

4. 当年的你,是多么地拉风

一个姑娘说,她永远记得妈妈年轻的时候,一头卷发,喇叭裤,高跟鞋,涂口红,站在校门口是最拉风的那个妈妈。等到她再大一点,妈妈就什么都不涂了,衣服也穿得越来越随便,每天在家里给她做饭,做家务,监督她读书。这么多年,她只想找回当年那个拉风的妈妈。

女人常常会找很多理由给自己：为了男人，为了父母，为了孩子，就轻易停下自己的脚步，轻易地放弃自己。

在古典的《未来30年，我们的孩子需要什么样的教育》里有一段话：下一代人，一定不会像我们这代人，追求房子，追求安全感，追求生存，追求赚钱。他们会真真正正地代替我们开始追求幸福，这是我们这一代人都会觉得奢侈的话题。

我想，即使下一代，也只有一部分人可以拥有这样奢侈的自由。那是由于他们的父母跑得足够快，看得足够远。我身边越来越多的女性，在结婚生子之后，重新回归职场，或者开始创业。很多人并不是因为经济问题，才选择复出工作。她们只是想找回那个工作状态下的自己——思维活跃，斗志满满。这样的选择，要同时兼顾家庭很累，可孩子似乎并没有因此觉得缺爱，反而更有动力，更为那样的妈妈骄傲。

姑娘，当你太早停下来，以为那就是幸福，当你抱怨没有太多的路可以选择，随便选一条路就走，你会很快发现，从此你的人生再难有长进。所有人都会为你遗憾：当年的你，是多么地拉风。

我们可以停下来，等一等灵魂。可千万不要太早停下来，因为彩蛋往往都在最后才出现。

有一种失恋，
是你的幸运

　　为什么很多爱情，一旦异地分开，或者一旦出现一点干扰和障碍，就非常脆弱，瞬间就和以前的感觉不一样了？

　　很简单，因为很多看起来似乎很美好幸福的爱情，仅仅停留在"低质量陪伴"阶段而已。

　　人在青春期，会开始对孤独有极强的恐惧。在高中时代，女孩们都要结伴上厕所。身边人都恋爱了，自己也要找个人恋爱。同样地，不成熟的男人也会完全忽视性格和差异，可以把酒肉朋友当真朋友，可以和不够爱的女人恋爱同居。爱情也是一样，二十岁会无视两个人的学历、家境、价值观等等的明显差异，去爱一个人，而且爱到头脑发昏、六亲不认。因为，"孤独"才是那个年龄里最大的敌人。所以，遇到那个愿意给一点温暖、愿意陪伴、愿意形影不离的人，其他的东西似乎都不那么重要。

这样的爱情，一旦成为习惯，女人是很难主动放弃的。

习惯了和某个人在一起，习惯了喜欢他喜欢的东西，习惯了他的陪伴，习惯了他的一切。以至于，女人常常不会去思考：这个人到底是一个怎样的人？这到底是不是自己想要的感情？

比如你明知他早已和别人同居，还是不愿意承认，这个男人就是一个耐不住寂寞、不够成熟、确实配不上你的人。他对感情的要求很低，当你没有办法再陪伴他的时候，他会迅速找到一个人替补，填补他生活中的空缺。他的人生，不是非你不可，甚至可能他早就想分手了，只是没有勇气直言——跟你在一起太累，你要求太高，他只想找个以他为中心的简单姑娘。

你现在觉得失恋很痛苦，那是因为你不习惯没有了这个人，而且你也不愿意睁开眼睛看看现实，好好想想，你爱了多年的这个人，到底是一个怎样的人。

很多人看过《不畏将来 不念过去》这本书后，从失恋里走出来，真心感激前任的不娶之恩，为什么？因为如果对方不出轨、不背叛、不主动分手，她们是不会主动分手的，她们会继续把这段感情进行下去，即便已经相处得很不愉快，感受到了对方的冷漠、敷衍、打击，仍然花尽力气以为对方就是此生真爱。

只有经历过痛苦的被迫分手，一个女人才会开始思考——为什么这段感情失败？什么是真正的爱情？自己究竟适合什么样的另一半？我应该拥有更好的爱情！这是失恋给一个女人的馈赠，想明白了，人生就从此蜕变。想不明白，还会一而再、再而三地在感情上跌跟头，不断怀疑自己、打击自己，继续找低层次的陪伴，找低质量的感情。

我常常听到年轻姑娘说："我不图他什么，我就是爱他。明知道他不如我，也愿意。"姑娘，这不是你在坚持爱情，这不是高尚，这是你根本不明白：不匹配的爱情，对女人来说，绝对是悲剧。

人民大学毕业生伍继红，1998年毕业后回广东，当时她月薪三千，但因为和同事有矛盾，她决定去月薪一千的工厂打工，最后嫁给了同厂的工人。火速结婚，生下孩子，再不工作。五年后，丈夫出轨，她回到老家，相亲后一个星期就嫁给了邻镇的一个农民，因为婆婆不许结扎，接连生了五个孩子，彻底跌落到"赤贫"阶层。

这个新闻里，我看到一个评论很是触目惊心——男人很少会因爱情婚姻滑落到更低的阶层，但女人会。因为女人会心软，会为了匹配一个男人，抛弃自己，只为了和他同步。

许多二十来岁优秀漂亮的姑娘，迅速嫁人生子，然后迅速变成一个庸俗的中年妇女。这样的例子，现实中真的不要太多。她们以为自己嫁给了"爱情和陪伴"，可其实，她们是把人生后面的可能性全部抛弃了。在还没有搞明白自己是谁的时候，就已经选择了"低质量的陪伴"。在"低质量陪伴"里耗尽半生的女人真的不要太多，她们被一点点温暖收服，然后付出惨重代价。

当然，你可以继续难过，继续回忆你们在一起的各种美好。但等你醒过来的时候，我想你一定会后悔——不是后悔爱过这样一个人，而是后悔这蹉跎的时光，你原本可以拿来充实自己、提升自己，去完善更好的自己，找到更好的爱情。

太念旧的人，
都走不远

念旧，当然是一种美德。但很多人并没有意识到，她们人生成长的最大障碍，不是别的，就是因为——太念旧。

小K姑娘经过三四年的勤奋努力，终于跳到了自己喜欢的大公司，多少人梦寐以求想进的世界五百强，但她跟我说：每天早上，内心其实并不愿意去上班。到了周末，简直更加想逃离。调整了半年，依然每天处在一种挫败感之中，上司总是对她各种不满意，可她觉得自己已经倾尽了全力。这听起来，真是一个令人沮丧的现实，你得到了一直想拥有的东西，却发现自己根本hold不住。

到底是公司、上司太苛刻，还是她真的能力不够？

在我们聊天的时候，我问她：你现在住哪里？她说：我还是跟之前那个室友住啊，住得久了，习惯了，懒得换了。

在那一刻，我知道了她为何明明似乎得到了更好的机会，却身心疲惫的原因。

一个已经进了这样的大公司，另一个还在以前的单位按部就班。她白天上班面对的都是那些比她更厉害、更适应快节奏的同事，晚上回去却立即躲到一个舒适圈里，望着不学习、不打扮、不求改变的室友，安慰自己说：跟她比起来，我已经够勤奋了。除了工作以外，她没有花时间、精力与同事、上司交流过。她觉得和以前的朋友在一起，更安全、舒适，更自信，交流更顺畅。她也害怕过往的朋友说她：现在你过得更好了，就看不上我们了。她还在拿过去的生活状态、工作状态，来应对现在的一切。所以，她不懂，为什么明明已经很努力了，上司依旧不满意——不满意的不是她不够努力，而是她的思维都是旧的。

我跟她说：iPhone 7和iPhone 5真正的差距，难道是它们的外观吗？当然不是。你就是一台换了新外壳的手机，却依旧用着老一套的处理器，看着是新的，其实里面都是旧的，当然吃力了。

这就是很多人走到一定阶段，就再也无法上升的原因。

不是能力不够，而是骨子里太"旧"了。

我认识的另一个姑娘小A，工作三年，搬了三次家。起初她薪水很低，只能住郊区的农民房，每天要花一个小时去公司。一年后，当她租得起更好的房子之后，她毫不犹豫地拿出半个月工资租了一间单身公寓；又过了一年，她换到了更好的小区里，交通方便有地铁，周边有商场、咖啡馆、健身房，还有很多优秀的邻居。她的身材越来越好，打扮越来越得体，开始有了自己的朋友圈。

她说：每换一次地方，我就感觉自己离这个城市更近一点，我会见到状态完全不一样的一群人。第一次住单身公寓，早上在电梯里，我遇到隔壁那个穿着精致套装的女邻居，再望望我自己的牛仔裤球鞋，我暗暗下定决心：我要成为那样的女人。

人在不知道自己要成为谁的时候，能激发她快速成长的，一定是她周围的环境。她发现了这个秘密，于是，不停地完善自己，向更好的环境靠拢，这会刺激她主动更新自己的思维模式。

而她之前的室友，依旧住在那套农民房里，拿着和当初差不多的薪水，并且以为前室友一定是遇到了有钱人，被别人包养，才能这么快住在那么好的小区里。

多年前，我的一个朋友曾经痛心疾首地跟我说：十年前，我的朋友喊我投资房子，我跟他说，我现在住在这挺好的。那个小区是当年的豪宅。可现在，我依旧还住在这里。

我去过她家，她的衣橱里依旧挂着十年前的衣服，很贵，但她只穿过两三次。她说：我一定要瘦下来，再穿进去。这是个美好的愿望，可为什么不现在就买一件合身的贵衣服穿上呢？

太念旧的人，是走不远的，因为不愿意离开旧的环境、旧的观念、旧的关系。

现实中有太多人，即使买了新衣服，也仍然忍不住去穿那些旧衣服，因为更舒适，更随便。

时间久了，发现衣柜里被闲置的都是那些又贵又新的衣服，久而久之，就不再愿意去买更好更贵的衣服了。

人有的时候，都是这样把自己耽误掉的。

明明曾经离更好的自己那么近，却在努力尝试一次之后，就被"念旧"的自己扯了回来，然后安慰自己说：大概是我不够好看，大概是我能力不够，大概是我注定要那么普通平凡。

喝一杯，
敬当年的自己

和朋友约在西湖边聊天。她是恢复单身不久的时髦女郎，我是晚饭后趁孩子不注意偷偷溜达出来的中年少女。凉爽的夜色中，点了一杯百利甜。两个人聊起近况，她说：你朋友圈发的那辆特斯拉 Model X 啊，我刚买了一辆。

我马上眼睛亮起来问她：你不是已经有了一辆保时捷吗？她说：那天，我只是想去商场买双拖鞋，然后看到车的展台，于是上去试了一下，于是刷了十万块的订金。其实，我真的本来只想买一双拖鞋的。

我哈哈大笑。

我们认识的时候，她刚结婚不久。在一个饭局上相识，她开着自己的小奔驰送我回家。那时候她还在体制内工作，跟男朋友恋爱几年后，两边家长都觉得年纪不小了，也就顺理成章地结了婚。

聊的过程中，我真切感受到，她确实喜欢自己的老公。但她并没有意识到，婚姻和恋爱到底有什么不同。在她的观念里，结婚也不过就是住在一起，依然可以过着恋爱那样的生活，一起吃饭看电影去旅行。一年后，她跟我说：分居了。我还年轻，我要及时止损。我问怎么了，她说：价值观差异太大，对方根本就拒绝沟通，动不动就使用冷暴力，跟他父母一样。

这大概是很多女孩都会要面临的问题。

当我们二十岁的时候，对聊天和沟通的理解和需求，与成熟后是完完全全不一样的层级。二十岁的时候，聊明星聊衣服聊音乐都能聊得乐此不疲，只要对方愿意态度温柔地陪着聊，即使明知道是闲聊，也觉得他对我很好，他很懂我。

可是人总会长大的，当你历练得更多一点，你会开始成为一个有态度的成年人，你不会再轻易被一些讨好和糊弄所打动。你要的不再是"乖，听话"，也没有办法再做那个第二天气消了，就当什么都没有发生过的小女孩。可对方不能接受这个转变，不能接受你变成了一个如此有自己主意的人，还在尝试着用糊弄十八岁女孩的方式来糊弄你，假装这些问题都不存在。

他们既不想费心改变，更不想去了解你到底需要什么，唯一做的事就是让你去妥协,"我就是这样的人啊,你既然嫁了我,那就只能接受。男人都是这样的啊,谁不应酬啊,我赚钱多么辛苦,你不要再吵我了"。她说:这些说辞,我都听腻了。既然他不愿意改,那么我就退出了,不玩了。可能改造自己还更快一些。

不过短短一两年,她就已经活出了新的样子—— 有底气有事业有约会,是下楼买拖鞋还能顺带买辆车的都市新女性。

其实,大部分的女人,都不可能在二十岁的时候,知道自己是谁、想过什么样的生活、适合什么样的衣服、适合什么样的伴侣。这个答案,谁也没法给你。我们都不过是在边走边试。唯一的区别是,每个人的修正成本和修正时间不同。有的人失恋,都需要七八年才能重新鼓起勇气;有的人离婚,也不过是放纵一周,然后该做什么做什么,该怎么活就怎么活。

这个时代,有一个词叫作"迭代"。所有的产品,迭代的速度都是十年前的数倍甚至几十上百倍。你可以用更少的钱,买到更先进更快的手机。人也一样,明年的你,已经看不上衣柜里去年的衣服,同时也可能看不上去年的那个男人。

或许不是他变了,而是你变了。原来你觉得他聪明,现在你也同样拥有了,甚至某些层面上,你比他更懂。

你逐渐发现他思维上、价值观上的诸多毛病,根深蒂固,非常难改，那是可能他自己都意识不到的东西。

你同时也发现自己的欲望越来越大，越来越不满足于买一支口红或买一个名牌包，你想要的是真正的存在感，是尊重欣赏，是能去更好的地方。

但如果你身边那一个人，依然如故，你们之间的差距，真的就不是年龄的差距，而是隔着几个时代。你在21世纪，他还在清朝。

我没有办法教给你们一个方法，去判断谁是合适你们一辈子的人。世上没有这个方法。我只能告诉你们的是：从前时光很慢，车马邮件都慢，可我们都回不去了。

身在这个时代，我们必须要接受的是离散。有的人，他就只能陪伴你走一段路。与其花费力气去寻找一个永远不会抛弃你的人，不如去找到一个敢于分离的自己。

如果有一天你怀疑自己过去的决定，那个曾经看起来无比正确的决定，现在满是荒唐，那并不说明你当年太蠢，那只是说明一件事：你长大了。

这个时候，你应该为自己喝一杯。当然，新的征程，也就在此刻开启了。

没好好"浪"过的姑娘，驾驭不了后半生

身边的一个女孩子，工作不错，人看着也乖巧，可几年都没有恋爱了。她的朋友们都为她着急，问我有没有合适的对象，我当着姑娘的面跟她们说：你们介绍的人，都不是她想找的人。她可不喜欢你们介绍的那些男人。姑娘听到这话，眼睛瞬间就亮了，欣喜地问：十二，你怎么一眼就看穿我了？我真的对那些相亲对象一点感觉都没有。

我问她：你就喜欢那些看起来霸道，有点坏的男人吧，可惜他们不会喜欢你这样的。她说：对啊，暗恋了几个，都是这样的人。

很多人搞不懂，为什么有些姑娘到了年纪，也很着急，可就是找不到合适的人。原因真的很简单。这样的姑娘，往往少女时期家教甚严，在家都是乖乖女，叛逆期没有好好叛逆过，然后到了临近

三十岁，不甘心就这样嫁给一个老实的男人，走进无趣的婚姻。可她们又没有办法吸引那些有趣的男人，驾驭更高段位的感情。

这是很多父母，从未考虑过的一件事——只想着保护和控制孩子，让他们在青春期饱受情绪压抑的痛苦，他们根本没有机会释放内心，做真正的自己。

这样的孩子，长大后内心特别羡慕那些理直气壮"浪"的人，羡慕他们的任性、张狂，向往他们的世界，渴望遇到这样的人，释放自己内心的叛逆。然而，他们习惯了自我保护，知道自己的年龄已经受不起伤、犯不起错，更害怕父母的责难。于是，就在这样矛盾的自我里，继续过着按部就班的生活，既不敢换一种方式活着，又不甘心现在的生活方式，不知道拿自己怎么办才好。

这种家庭教育的悲剧，还有另一种形式，就是过着成年人的生活，却根本驾驭不了复杂的角色和关系。我见过许多痛苦的婚姻，原因就在于，女人在嫁人生子之后，对人性的丑恶面毫无应对能力，没有原则地妥协，无比懦弱，毫无还击之力，根本不知道怎么办。

这样的女人，多半有一对厚道老实的父母，从小都把"乖"作为教育孩子的方向，也从来不让她知晓成人世界的复杂，所有事情都帮她做好了决定，让孩子失去了自己思考做决定的能力，不再有独立解决问题的能力。

我认识一个姑娘，读什么专业，毕业后的工作，结婚对象，全部都是父母决定的。读完本科读硕士，毕业后乖乖回到家里，当了初中老师，嫁给了父母朋友的儿子，孩子父母带大。三十岁看起来已经像三十五岁的女人，戴着黑框眼镜，身材浮肿，不修边幅。然后丈夫出轨，要求离婚，现在干脆搬回家里跟父母同住。

我常常跟年轻的姑娘们说，不要害怕失恋，不要害怕遇到渣男。喜欢就去撩，表白了大不了被拒绝而已。

去同一个餐馆，不要再吃同样的菜。

每年至少要去一个没去过的地方。

每年要结交一个新的朋友。

不要抽烟，但可以喝酒，去和喜欢的人在深夜喝一次酒。

读书固然好，但书教不会你如何生活；经历得越多，越接地气，越少恐惧，越能驾驭生活。我所见过的，能把事业家庭平衡好的女人，都有一个共同特点——不是学历够高，不是长得够美，不是条件够好，而是经历得够多，有胆有识。这些人不仅能搞定老公，还能搞定婆婆和保姆；所以，不仅能抓住事业的机会，还能教育好孩子。

你所经历的每一个部分，其实都会构建出你的不同面。这不是圆滑世故，这是生活把你打磨出了更丰富的层次。

不同的经历，造就出不同的一面，彪悍的、犀利的、柔软的、细腻的、理性的、有条理的。只有拥有多面的女人，才能应付生活的不同局面。

单纯的女人，越到人生的后面，越让人觉得太傻；因为，她们永远只有一个面。可人生跟护肤一样，是不可能有多效全能霜的。期望多个问题用一个对策解决，那是不可能的。

这世界，会属于那些内心够丰富、层次够多的女人。男人也好，女人也罢，太简单的人，是驾驭不了人生的。

如果你是父母，千万别好心地过分保护孩子。很多父母自己眼界狭窄，连自己的人生和婚姻都搞不定，凭什么去指导孩子搞定他们的人生呢？

两年前，亲戚的孩子在高三早恋，孩子妈妈着急地问我怎么办，说她早恋的对象不仅成绩差，家境不好，而且还让她学会了争风吃醋，现在高考完，考上的大学都不想去读了，居然要留下来和男孩子在一个城市。我跟她说：你千万别阻拦，越阻拦越叛逆，暑假你带她到大城市，让她离开现在这个环境一段时间，给她一段自己去思考的时间。

结果，在深圳"浪"了一个月以后，小姑娘乖乖去北京上了大学。去了大学，没过两个月，就果断和男友分手，开始新生活了。

孩子的妈妈自此放心了，跟我叹口气说：世界我已经看不懂了,让她去折腾吧。

你要相信,一个拥有思考能力的人,自然知道:什么是好的,什么是坏的;什么是好吃的,什么是难吃的。之所以不知道,是因为她没见过更好的,没有吃过更好的。

没有好好"浪"过的女人,驾驭不好后半生。

总有一些人，
根本不希望你活得比他们努力

最近很流行一种"丧文化"，主题无非是"我都已经这么努力了，却看不到生活给我任何回报"。

"我就想碌碌无为。"

"谁也别来烦我。"

"鸡汤喝得再多，还是不知道人生的意义。"

想起我的二十几岁，如果那个时候接触到这种丧文化，大概我也会被击中。其实每一代的年轻人都是一样的，无外乎这么几点：

1. **会发现社会比自己想象的还不公平。**当你刚进入社会的时候，在底层里见到的赢家，也许不是溜须拍马之类，就是迎合潜规则之流，想一想自己，这辈子估计也变不成这样的人，靠老实奋斗，只感觉成功遥遥无期，外表再努力，内心都是丧的。

2．身边充斥着以"屌丝"自居的失意者，每天被负能量包围。那些职场老油条，以压榨老实人为荣，并且不遗余力地想把身边人都变成他们那样的思维。在他们的生态链里，遇到善良、老实、肯干活的年轻人，能让他们感觉自己思维更高端。因为有后者存在，他们才能"混"着，不然活谁干呢。

3．所有关于吃穿住行的小事，都是大事。去超市要看价格标签，追公交需要体能，房东比老板还不讲理，合租伙伴居然又带了炮友回来。

4．原本的感情关系摇摇欲坠，人和人的差异，原来比你想象的更大。价值观是什么东西？以前以为，无非是你喜欢吴亦凡，而我喜欢黄渤。现在才知道，价值观的差异令我们虽然坐在一起，却浑身别扭，没办法说话。

这就是我在二十岁的时候眼里看到的世界。你会发现，太容易遇到并不想让你太努力的人。他们会以一千个理由告诉你：努力没什么用，别费那劲了。

但我现在看到的世界，完全不同了。我发现：

1．不公平当然也存在，但感觉遍地都是机会。自媒体圈里的朋友，大多是月入几十万的女人，包括我自己。还有各种根本看不出来有孩子的霸道女总裁，创业做公司，投入自己以前完全不了解的行业，跟"90后"拼体力，时刻都在学习其他行业的运行规律。

她们不需要鸡汤，因为自己就是行走的"鸡汤"。周围全是这样高能量的人，每一天都在刷新自己对世界的认知。我觉得这是对抗抑郁的最佳方法，因为根本没有时间去抑郁。

2．**别谈什么努力，那真的是太低的级别。只要是工作状态，每一分钟都要用尽全力。**高铁上我在写工作备忘，看文件，助理在旁边打瞌睡。虽然已经是孕晚期了，但就在前天，我在去一个活动的路上，安排好了工作。到了活动地点，就在旁边的花坛上坐了半小时完成一个电台采访。活动结束后，7点赶回家。8点在车上，晚上上了一个小时的线上直播。9点回家，陪娃讲睡前故事。一天努力完成一件事，太奢侈了。每天都有十几件事情在等着你。

但这就是很多人的常态。我身边有太多人比我更忙碌。因为他们的价值，是以分钟在计算。

3．**爱情、友情、亲情当然很重要，但已经不再那么影响你的步调了。**有一次饭局，一个朋友接到家里打来的电话，婆婆和保姆因为一点小事又闹翻了，年轻的保姆当场要辞职不干。她站起来跟大家说：抱歉，有点家事回去处理一下。过后，我问她，怎么办？她说："能怎么办？安抚好孩子，然后再找一个新的保姆。保姆再不好，我也没有辞职回家做保姆的打算。"

生活永远都会出现事故，出现了就解决，解决不了就先将就着，但我的事业和人生不能将就。所以，你要问我内心强大是一种什么感觉，就是"别人不会看到，我拿我的人生去做妥协"。但生活中太多女人，她们遇到任何事，第一反应就是：我还可以做什么牺牲？我还可以拿什么妥协？

于是乎，所有事故发生的时候，她们立即成了最先被要求牺牲和妥协的人。听起来很遥远，但这的确就是在真实发生的，是真实活在这世界上的一群人的状态。只有这样的人，才根本无法理解：人生不用来努力，不用来学习，那应该用来干吗？还可以用来干吗？躺着等死吗？

有时候我也常常感觉，世界是割裂的。有一个世界是，依然难免听到父母为了"你怎么能用这块抹布擦地"而争吵。有一个世界是，二十几岁的美容师跟我吐槽，初中同学嫁了一个啃老男，现在生完孩子跟着一起啃老，每天都被公婆嫌弃。有一个世界是，临近三十岁的女朋友们，放眼望去，真的找不到一个男人可以嫁。

每个人的生活背后，都躺着一地鸡毛。

区别只是在于：有的人把鸡毛变成了人生的全部，并且以为这就是人生，每天疲惫地扫，却感觉永远也扫不干净。

而有的人学会了把它们扫起来堆在一个角落，因为即使你用尽全力，也扫不干净，所以不扫也罢；该忙什么，忙什么去，去做一点更有价值的事。

十年前，我那些以为自己深谙办公室哲学的同事，大概依然在用同样的方式，影响着办公室的年轻人：一边吐槽老板如何抠门、如何剥削，一边拿着薪水绝不辞职。

十年前，那些随便找个工作只为了准点下班的同事，大概依然在劝说年轻的姑娘们：女人嘛，早点嫁人生子最靠谱。工作嘛，最要紧的是压力小，别太累。男人嘛，最要紧的是有房有钱，什么情趣，什么长相，都不顶用。

这世界，没有中间路线可以走。
要么内心强大，要么天天妥协。
要么丧，要么向前走。
要么把自己活成移动的鸡汤，要么随波逐流不知道去哪。

蔡康永说：你要逃离的不是大城市，而是你自己。
马东说：我的人生里没有"中间"的"中"的中年，只有"终结"的"终"的终年，所以我人生里没有中年危机，只有少年危机。因为少年的时候，人知道得太少，又以为自己知道得太多。

有的人，刚在大城市到此一游，就忙着逃离。有的人一辈子都在少年危机里。

所谓的"丧",无非就是以为自己已经"知道得太多",以为看到了世界残酷的真相,其实那不过就是一地鸡毛。当然,这些残酷,可能已经足够阻挡住大部分人前进的脚步。

因为,总有一些人,根本不希望你活得比他们努力。

这样,他们才不是活得最糟糕的人。

到底
什么是女王

"到底什么是女王?"

很多人跟我说,女王就是雷厉风行,就是女强人。我觉得不对。也有很多人说,女王就是内心强大,气场强大。我觉得也不完全对。

前段时间,徐静蕾、窦文涛、蒋方舟三人对话,蒋方舟问徐静蕾,怎么看待男人叫她才女这件事。

"男性社会一直对才女有意淫,一直有这个市场需求。"徐静蕾说,"你管我叫什么我无所谓,你爱叫什么叫什么,因为我也不能改变你对我的看法,但这些词根本不会出现在我的生活中。"

谈到该不该结婚的时候,蒋方舟说:反正结婚不结婚,你们都会后悔的。

徐静蕾说：我其实一直都不是个不婚主义者，我觉得谁愿意干吗就干吗。你想要结婚，你觉得结婚幸福，我就恭喜你，你去结婚，我也送你礼物。每个人就过自己觉得高兴的生活，没必要把自己当成标准去评价别人，也没必要拿别人的标准来评价自己。

虽然我对徐静蕾这个人，对她的电影无感，却觉得这两段话说得极好。你没办法让世界按照你的意志来转动，但你可以做一件事——在不妨碍伤害其他人的前提下，你可以确定，你自己的世界以什么样的规则来运转。"我不想要求你，但你也别管我的方式。"

一个女人可以活得和周围的任何人都不一样。她可以有自己的故事，她也完全可以有自己看世界的角度。

这是我在三十岁之后，关于人生的新的理解。

一个女人活成什么样，一定和她对世界的理解有关。《东京女子图鉴》里，女主角的高中老师问她：你以后想成为什么样的人？她说：我想成为一个让人羡慕的人。她很诚实，她的一生，所有选择都在践行这个价值观，也不断为此付出代价。从小城市来到东京，发现男人远比工作能够快速提升她的生活，马上甩了那个温暖体贴的经济适用男，费尽心思和高富帅谈恋爱，结果，高富帅却最终选了二十岁的嫩模；到了三十几岁，发现嫁给高富帅不太可能，于是，为了结婚而结婚，找了一个条件相当的男人相亲结婚，买了房子，成为事业、生活都稳定体面的女人；和老公没感情选择了分居，等到老公出轨，顺利离婚，找咖啡馆的小鲜肉服务员恋爱，结果富人区出身的白富美朋友用一块高级手表抢走了鲜肉；和一个富二代律师相亲，结果对方只想让她做情人，坦白直接地说：我们湾区的二代，只会和湾区出身的人结婚。

站在她当年刚来东京时住的街区口，回首她这一生最美好的20年，看到当年那个温暖的前男友，温柔地挽着妻子女儿走过，她呆呆地站了一会儿，然后走开了。

不得不说，一个没有家世背景的女孩子，想要迅速成为让同龄人羡慕的女人，大概都很容易面对她这样的选择。会有很多人来告诉你：青春如果不能折现，那青春就是浪费。也会有很多人来指导你：既然世界是直男属性的，那么我就甘愿按照直男的要求来改变自己。

这种人生价值观，简单说就是：今天可以赚到十块钱，就马上去赚。

但总有人不想活成这样，现在低头马上就有人施舍给你100块，但你再走得远一点，再累一点，在那个地方，可以昂着头赚到1000块。然后再走得远一点，你就可以自己开垦一块土地，按照自己的想法，盖想盖的房子，种想种的花。

什么是女王？这就是。

她知道，或许自己未来想活的样子，现在没有任何人可以参照，只能靠自己一步一步走出来。除了继续往前走，也没有更好的方法。但走下去，总会知道，该走哪条路。

我知道，对于普通女人来说，"女神""女王"，王菲、徐静蕾，这样的人生，都太遥远了。

因为眼前明晃晃的都是必须要解决和面对的：要不要结婚，要不要买房子，怎么堵住父母的嘴，怎么让旁人别来评价自己的人生，想要的东西那么多都需要赚钱买，孩子不听话怎么办，老公怎么就不能更努力上进一点。

任何一个问题，都可能让一个女人陷入情绪失控。谁都希望有一个人来指引自己：我到底该怎么走，我下一步到底该怎么选择。

却可能始终遇不到那一个人。

所以，对于我们来说，不管是女神，还是女王，也许只是一种理想状态，我们一生都达不到。但或许我们可以达到另一种理想状态，那就是，让自己的内心保持发光，终生不熄灭那个光芒。不管遇到什么，都往前走，相信前面总有更好的东西在等待着自己。

十年前，我和我的室友住在深圳蛇口租来的农民房里。晚饭后，我们一起到旁边的高档小区花园里散步，她望着那一盏盏灯光说，什么时候自己也能住在这样的地方，开着车去超市再也不用看价格标签。我跟她说：你一定会实现的。

现在我们都实现了。

人这一生很长,你可能有十几年的时间都在迷茫。因为,你真的不知道十年后、二十年后,你会成为怎样的人。我相信,徐静蕾在二十岁的时候,也并不知道会变成现在的样子:会冷冻卵子,而且不再在意别人的眼光。

唯一能指引你的,不是某个成功的×××,而是你心中的那一点光亮,那一点不轻易放弃自我的光芒,那种"我就不想按照你们这样来活"的任性。而所谓的女王、女神,她们不过是用这些光亮点燃了一盏不灭的灯,站在某条路的远方,告诉人们:这条路,其实也是可以走通的。

你不是真正地
爱自己

我常常会跟我的读者说：要爱自己。然而时间久了，我发现，对很多人来说，爱自己变成了某种口号。其中很普遍的一句口号是：爱自己，做好自己，取悦自己，活好自己。

猛然一听，似乎很有道理，没有一句有问题，发明这种"爱自己"方式的人，并没有发现，目标是对的，但方式却有待改善。

一个人但凡说要去取悦谁，背后的意思就是：我不高兴，但我希望你高兴，所以我愿意委屈自己，来让你高兴；或者，我愿意假装我很高兴，来让你高兴。

所以，现实中很多人取悦自己的方式，就类似这样的情节——

直男老公对你说：哦，你不高兴，那我给你钱买个包吧。

这样的方式，初初当然是有些效果的——当你特别想要某个漂亮包包的时候。

然而，当你有了第一个、第二个、第三个之后，当他第四次再如此对你说的时候呢？

你的内心一定是极度的失落：我并不需要一个包，我要的是爱啊，不要拿钱来打发我。

《北京爱上西雅图》里，汤唯扮演的那个白富美，望着满屋子的名牌包包，问自己：这些东西到底有什么意义？

是的，它们只在你从来不曾拥有过的时候，才有意义。

取悦也是一样。

你可以打发自己，但总有一天，你不会再满足于这些敷衍的爱，你想要有一些更高质量的爱。

但很可能，那个时候，你会误以为：或许是东西还不够贵，钱花得还不够多，我还应该拿更好的东西取悦自己。

真正的问题不在于价格，而在于，"取悦"本身，就是选择了让自己低人一等。这也是为什么，很多人花了一大笔钱，买了足够贵的东西，去了足够远的地方，吃了足够贵的料理，却用了非常多非常多的时间来自责、愧疚、反悔。

因为你的内在，坚信一件事：我不值得这么好、这么贵的东西。我配不上它们。

这样地假装爱自己，是很累的。

这就像一个相貌普通的姑娘，突然中了六合彩般，得到男神的青睐。起初当然是欣喜若狂，但接下来呢，可能相处的每一分每一秒，都是痛苦大于快乐。因为她的内心，看到了彼此的差距，否定自己的思绪浪潮滚滚而来，那感觉就好像穿着一件偷来的衣服，害怕真正的主人迟早会找上门，把它拿回去。

同样的案例，还有呆板自卑的理工男，突然被一位白富美欣赏认可，于是恨不得把所有最好的东西都捧到她面前，对她提出的任何要求，都没有办法拒绝，即使超出自己的承受能力，也要挖空心思去满足，甚至不惜铤而走险。

这些是爱吗？
这些只是一种爱的假象。
你以为你拥有了，但你内心深处，清楚地知道他不属于你。
所以，"爱自己"从来不可能今天说起，明天就能做到。
它是一条路，一条长长的路。
这条路的终点，并不通向某种飞黄腾达，或者是夫妻恩爱。
它只通向一个终点，就是：在无人看到、无人知道、无人听到的时刻，你和自己相处得不错。

在众人瞩目时，光芒万丈，却在一个人的时刻，痛哭流涕。
很抱歉，那是一种假象。

走出家门的时候，体面又傲娇，回到家之后，却丧到不行。
很抱歉，那也是一种假象。
你是在扮演——我很爱我自己。

在我十几年学习自爱的过程里，**我学到的第一件重要的事，就是诚实。**
诚实地面对自己。

我不是完美的。我不是全能的。我不是无所不能的。我没有办法无所不能。

我就是一个有着很多缺点、很多恐惧，并且需要很多人来爱我的普通人。

所以，我不能喊出：我就活我自己，其他人我管不着、无所谓。我做不到——这是一种自我欺骗。

但我能做到的是，真诚地告诉他们，有些期望我达不到，有些要求我做不了，很抱歉，我不能为你耗尽自己，我必须有所保留，因为我还想好好地活下去。

当你这么去说，这么去表达的时候，你会发现：谁是真正爱你的人，简直一目了然。

爱你的人，会立即通情达理地说：好的，是我过分了，我并不知道，这样对你负担很重。我当然希望你过得开心。

而那些没有能量爱你的人，时常消耗你生命能量的人，会生气，会愤怒，会指责你，会胡搅蛮缠，会逼迫你妥协。

对自己诚实，会让你感觉有些受伤，但这就是必经的过程，去伪存真的过程，向来都是痛苦的。

但这一定是健康的开始，是一个内在更健康的你，去迎来更多健康的关系。

第二件重要的事，就是停止内耗，习惯正念。

中国人往往很擅长说一个词，"但是"。

我有了很多进步，但是还有很多事都做得不好。

我皮肤还不错，但是我身材不好，我牙齿不整齐，我眼睛太小，我腿太粗。

我已经很努力了，但是别人还是比我优秀太多。

很多人有这样一个疑惑：我在尝试着认可我自己啊，为什么还是觉得自己很糟糕？

很简单，因为你非常习惯地忽略前面，直接把重点放到"但是"上面。

这也是为什么，很多父母从来不觉得自己曾打击孩子，孩子却从来没有从父母身上感受到正念。因为，父母想要的，从来都是"但是"后面的东西。

这就是一种很可怕的内耗。

在你的内心，有一个从来不知满足的吞噬怪，它吞噬掉了你做到的一切，只看到那些"你做不到"的地方，并且不问理由，不问原因，就是想要。

那个高悬的完美的目标，让你的一切努力，都看起来很卑微，因为离目标实在太远了，只有投胎重生，才有可能做到。

习惯正念，学会认可自己，是一门学问。学不会，你是不可能真正喜欢自己，更不可能真正喜欢他人的。

正念，不是盲目，盲目到看不清问题。

正念，恰恰是一种清醒，一种真正的清醒，知道哪些是我可以做到的，哪些是我做不到的。

尽量把今天过得好一点，是我可以做到的。

但是，让未来尽在掌控之中，是我做不到的啊。

因为，所有人都做不到。

享受此刻当下的被爱，是我可以做到的。

但是，让这个人一辈子爱我，只爱我一个，是我做不到的。因为，没有人可以做到。

所以，好吧，让我们换一种方式来描述我们的人生。

"我的确经常遇到一些麻烦，它们对我来说，是一种挑战。"
"我有一些不太擅长的事情，但每个人都有啊，所以我们才需要彼此。"

人生就像一个房间，每一次你把它收拾好，它总是很快就会被打乱。

没关系，重要的不是它每天都干干净净，而是我拥有收拾它的能力。

习惯正念的人，就像拥有了一个金钟罩，自动屏蔽负能量，不断不断收集正的能量，直到有一天，把自己活成一个发光体。

那么，**最后也是最重要的一件事，就是永远要相信：你不是一个人。**

中国人的生活哲学里，有一个流传颇广的思维方式：不要麻烦别人。这个原则，没有任何问题，人活在世上，自己能解决的，自己能做到的，当然应该自己做。但很多人把它进行了改编翻译成了不要麻烦别人，因为我就是一个麻烦。

当一个孩子，从小接收的信息是：我就是一个麻烦，因为我，父母过得不如意；因为我，他们的人生没有办法过成自己想要的样子——那么，他活着的状态，就会极其偏执，偏执到，尽量把自己缩成一团，缩到没人注意的角落。

如果世界上的每一个人，都是一个发光体，那么，有的人是灯塔，有的人是灯泡，而上面所说的人，就是让自己变成了一个小火苗。但凡他觉得要麻烦到他人的时候，这个小火苗，就会启动自毁程序，自动熄灭。

这样真的不麻烦他人吗？不，对在意他的人来说，感受到的就是，他经常突然就变成一个冷冰冰的人。

现实中，有的人明明有家人，有爱人，有朋友，但他却感觉孤独、悲伤如鬼魅一般挥之不去。

不是他真的孤独，而是他认为：孤独才是我最好的处理方式，因为这样，不用麻烦到别人。那么，很抱歉，这是你自己启动的程序，然后再一次次验证着：没有人爱我，我不值得被爱。

我们当然是一个人，在这个身体里，只有你自己，没有人能够真正理解你，没有人能真正地与你感同身受，这是永恒的宿命。

但总会有人试图去理解你，试图去感知你，但这需要得到你的允许，受到你的欢迎，才可以的啊。

真正爱自己的人，他的内心一定是有选择的。

他知道，此刻，我选择一个人待着——这是我的选择，而不是因为我没有选择。

如果我需要陪伴，那么，我就可以拥有陪伴。

这是我认为，找到自爱的、非常非常重要的三件事。

在"人生"这条路上，我也有过很多很多的误区。在里面钻牛角尖般探寻，自我折磨，最后发现，那根本就不是爱自己的路，才走出来。

自爱，无须刻意讨好取悦自己。

那是自怜。

自爱，也无须你曲意奉承自己。

那是自大。

自爱，更无须画地为牢隔离一切。

那是自卑。

只有慢慢地处理好这些，分辨清其中的差别，你才知道：其实，真正的自我，真正的一个"人"，天然就是不恒定的状态。

就和天气一样，不稳定，不完美，不理性，不听话。

但这就是每一个生命的真实状态啊。

我们为什么一定要把自己活成像机器一般稳定、完美、理性、听话，才能大方地做一次肯定，给一个赞美呢？

我们为什么一定要让他人觉得自己稳定、完美、理性，才能认为自己足够优秀、足够成功呢？

接受它的不稳定、不完美、不理性、不听话，但同时，去看到它的丰富、创意、幽默、机智，也同样去看到它的天真、善良、慈悲、宽容。

是的。
这就是爱。

就像我们爱晴天，也爱雨天。
就像我们爱春夏秋冬一样。

就像艾米莉·狄金森所写：

见到日出，我便不能自已
而他就是日出
于是——所以——
我爱你

让你的脸
匹配你的心

我一个朋友,这一生最大的懊恼是,她明明有一颗少女心,却长成了168厘米的大个头,还有一张天圆地阔的脸盘。所以,她最大的愿望,就是下辈子能长得像林黛玉那样惹人怜爱。可惜,这辈子她还是要住在这样的躯体里,和男人抢着埋单,穿着L码的衣服,永远只能穿很修身很挺括的衣服,可她原本爱的可是蕾丝啊。

后来我见过很多女人,第一印象和后来熟了之后的感觉也完全不同。

有的人明明很好相处,却长了一张不爱笑的臭脸;
有的人明明暖心又周到,脸却高冷得像寒冰;
有的人看起来娇小玲珑,却有着小火山一样的力量。

这种不像，对有些人来说，或许是一种幸福，但对有的人来说，简直是困扰半生的障碍。

1. 她喜欢的人，不喜欢她

文中开头的那个朋友，她十年以来对男人的审美标准都很专一，都喜欢高大运动型男。遇到过几个心仪的男人，也有过干柴烈火的时刻，可到了关键时刻，对方都不愿意结婚，理由如出一辙——不是不喜欢，但还是想找一个贤妻良母、温柔贤惠型的小女人结婚。于是到了三十岁，爱到山崩地裂好几回，仍然单身一个。她喜欢的人，不愿意娶她；喜欢她的人，她没兴趣。

她很忧伤地跟我说：这辈子应该是没希望了，只能寄望重新投胎了。我问她：你为什么不改变自己的外在呢？她说：真正爱我的人，难道不应该透过我的脸，看到我内心真实的样子吗？

我去过她的家，真的很温馨舒适，看起来大女人的她，会在浴缸边摆很多的香熏蜡烛，每周去花鸟市场买百合，床前摆着各种有益身心的书籍。她花了很多年修炼内在，成为一个很优秀、独立的女性，骨子里却其实是一个恋家的小女人，只想找到一个懂她的伴侣，共同经营一个温暖的家，一起到老。如果遇到合适的人，她甚至愿意放弃事业，完全回归家庭。

可问题是，迄今为止，没有人懂她内心真正的需求。而她也从没发现，别人看到的她，和她期望表达的自己完全不一样。

2．为什么你的脸配不上你的内心

我相信脸不对心这样的障碍，很多人都会有。比如孙红雷，他的黑道老大形象一度深入人心，等了那么多年，终于等到余则成那个角色，让大家看到他内敛起来，竟然有一股书卷气。

比如舒淇，三级片出道，如果不是导演发现她身上文艺慵懒的气质，她终其一生恐怕都很难成为"演员"舒淇，而是问题少女林立慧。

每个人在成为真正的自己以前，其实都活成自己以为的"自己"，以及以为的他人眼里的"自己"。明明自己想活成另外一个样子，可是真的感觉太难了。为什么难？因难的不是行动，而是你太难适应那个新的自己。

习惯了眼里只有别人。

习惯了埋单。

习惯了不会撒娇。

习惯了不穿裙子。

习惯了裤子。

习惯了讨好。

要改变自己最困难的是,我们太难适应新的那个自己。我们无法经常审视自己的脸,呈现出来的到底是怎样的。我们也没办法像《大话西游》里那样,变成一个小虫子,到对方心里瞧一瞧,他们眼里真实的自己是怎样的。

3. 先让你的脸匹配你的心

我对我的那个朋友说:如果你想穿蕾丝,那你就下狠心瘦身二十斤试一试。结果,她做不到。这说明她对美丽的欲望,真的比不上她对食物的欲望。二十年来,她习惯了依赖食物,缓解痛苦。

这也是一种痛苦。我常常听我的读者说诸如此类的话:

"我也想穿裙子啊,可是那会令我很别扭。"

"我觉得不像自己了。"

"我也想改变外在啊,可感觉那样太肤浅了。"

就是这些理由,让很多人"脸不对心"。那是一种什么样的体验呢?就像一块矿物原石,别人根本看不到你内心是红宝石、蓝宝石还是钻石,尽管你自己知道,你的内心是多么闪亮。

对普通的人来说,没有大导演来挖掘你,恐怕你也没有长久的耐心来培养自己。那么最容易做的,就是先让你的脸匹配你的心。

我生完宝宝之后,最大的改变动力,真的很简单,既不是害怕先生不够爱我了,也不是担心朋友们比我更美了,而是我就想做一个三十几岁，能把白衬衣穿得潇洒帅气的女人，实现我十年前想做却做不到的事情。

女人这一生，越到后面越愉悦，无非是，你身边的人，喜欢的就是你自己，而你无须扮演任何其他人。而对自己来说，最大的挑战，就是让你的脸，能够配得上你的阅历和你的智慧。不然这么多年啊，一次次地逾越和突破，难道就只是为了多赚一点人民币吗？

当然不，你只是想比从前更喜欢自己……而已。你只是想做一个内在外在都更和谐统一的女人，你不再需要经常解释自己，你也不再经常感觉被误解，你呈现给世界的，就是你心里原本的样子。

你那么孤独，
却说一个人真好

几个朋友聚会，说起另一个朋友。大家都说，看她的朋友圈真的很心疼，都感觉她太累了太紧绷了，可不知道该怎么关心她。

"她越来越独立，越来越有钱，可是我们都希望有个人可以陪她好好生活。"

到了一定年龄以后，人似乎都会面临一种境况：那么孤独，却说一个人真好。我记得我二十七岁的时候也是这样，越来越懂得照顾自己，越来越知道如何搞定工作上的事情，越来越知道钱意味着什么，但生活似乎总缺一点什么。扪心自问，是爱情吗？似乎是，又似乎不是。

认真想一想，是缺了什么。

1. 没办法再从零开始认识一个人，除了工作关系

一个朋友说，和一个陌生男人坐在一起，真的不知道该如何介绍自己。如果碰到对方用"查户口"的方式聊天，那简直生不如死。

来自哪里，家里有几口人，父母是做什么的，你是做什么的，年收入多少。一个成年人没有办法在忽略这些信息的情况下，和另一个人交往。可要交代这些，才能交往，既累也别扭。或者还可以跳过这些介绍，直接代入工作关系。

另一个女朋友说，她已经发展出一项神奇的能力，可以把相亲对象成功变成自己的客户或哥们。连她的老板都说：不知道该高兴，还是忧愁。不是不孤独，而是觉得重新认识一个人太麻烦。于是，当旧的那个人走失了，并没有新的人可以替补上那个位置。

2. 没办法再要求对方无条件为你付出了，特别是付出钱

那天看到一个姑娘在朋友圈发：越来越习惯自己搞定一切事情，转身回头一看，背后真的空无一人。我想起我的一位姐姐讲过一句更精辟的话：当了老板，习惯了都是自己埋单，真不习惯让别人埋单。活该到现在还是单身。

不是不知道有些女人可以理直气壮地要化妆品，要包包，要依赖，只是自己做不到。父母当然不知道，他们"别找人要东西"的

家教，从前是美德，现在很可能是阻碍。一个女人一旦不再那么容易被讨好，一旦不再那么需要旁人，也多半就意味着她将生活得会越来越孤独。

不是不孤独，而是习惯了不依赖别人。

于是，当真正需要另一个人的时候，也不知道该如何表达了。

3．没办法再为一个人改变审美和价值观

二十岁的时候，男朋友说长发好看，夏天再热也要留头发，结果头发留起来了，他却不知道去哪里了。二十多岁的时候，习惯了短发的利落，恐怕此生再也不会为了一个人去留头发了。

有点喜欢一个人，可他却在另一个城市。心中无比清楚，他不会为了你过来，你也不会为了他过去，你们对彼此的那点喜欢，还不足以让彼此跨越千山万水。不会再因为一个人，放弃自己的爱好，甚至放弃自己的宠物。

朋友说，当年喜欢一个大叔，发现他的人生什么都自成一体，永远只喝一个牌子的咖啡和矿泉水，永远只买一个牌子的衬衣，永远只穿一个牌子的鞋子。他对她的喜欢，是生命中的见缝插针，只有那么一点空间留给她。

可如今，她也变成了那样的人。

不是不孤独，而是孤独已经成为自己的一部分。于是，抛弃孤

独，和另一个人生活在一起，反倒要抛弃自己的一部分。你那么孤独，却说一个人真好。因为你真的在孤独中锤炼出了一副盔甲。它保护着你，你也需要它。

但不要习惯死死抱着它不放，让人以为你真的所有事情都能一个人搞定。

你的内心其实和二十岁的时候一样柔软。

2017年在刘若英的演唱会上，VIP区里，坐着的都是看起来有故事的熟女们。开场前，她们都优雅矜持地坐在那里，完全不似后面的小姑娘们那般兴奋。可到了后面，一首歌接一首歌，我听见了旁边开始不断出现隐忍的啜泣声。

那场演唱会，我也跟她们一样泪流满面。可能每一个女人眼泪背后的含义，都不一样。有时候是怀念，有时候是委屈，有时候是遗憾。

但流泪的时候，就会知道：我做了那么多改变，都是为了我心中不变。也许，有的时候不是我们不够坚强，而是我们太坚强了。

在我三十岁以前，我以为真正的强大是铿锵，但我现在觉得，真正的强大是舒展，是可以在坚强与柔软之间随心转换。

可以坚强，也可以柔软。

可以清醒,也可以迷糊。

可以聪明,也可以愚笨。

可以是这样的你,也可以是那样的你。

可以一个人,也可以两个人。

可以遇到爱与性,也可以遇到懂得。

很难,但人总要有一点理想、一点盼头,万一实现了呢?

那么，
换个姿势再来一遍

多年前，一个朋友来深圳出差，我请她吃饭。见面以后，特别奇怪的是，她要求去吃必胜客，而不是问有什么好吃的特色店。我跟她说，我准备了好几家餐厅等她挑选呢。结果她说，自己肠胃不好，有一次吃了一家餐厅，当晚就闹了肠胃炎，所以再后来，她出差永远都是肯德基、必胜客，因为这样，不会有意外发生。

这样的事例，很多人都会觉得太夸张吧，特别是我这样的美食爱好者，更加无法理解。但后来，我回头想一想，因为一次意外，于是把一整片森林都否定和放弃，只为了求安全，这样的人，这样的事，真的并不少见。

试过一次红色衣服，特别难看，于是从此以后，只要是红色的，看都不看一眼就判断：我不适合。

谈过几次恋爱，每次都以失败告终，于是下了一个判断：我就是天生不适合恋爱吧。

相亲过几次，每一次都如坐针毡，体验极差，于是断定：所有的相亲，都是不靠谱的，还是算了吧。

这样简单粗暴的思维，很省事。任何一次失败，都可以总结为：天生不适合，天生不擅长，天生没这个命和运气。他们觉得，这样从最大程度上，避免了挫败感，避免了自尊心受损。

却从来没有思考过另一个问题：如果这个事，有1%成功的可能性呢？

不，我相信他们一定会说：1%的概率太小了，我根本无法承受99%的失败。

太多人就是如此，非常相信人生有运气有天赋这回事，但又坚定地相信另一件事——我是一个天生没好运没天赋的人。于是，理直气壮地放弃。但放弃这个东西，它根本不是一个单一的行为，它其实是一种思维：认命。

我谈了两次恋爱都以惨烈的结局告终，我脑子里也曾出现过一个念头：算了，我还是别浪费时间恋爱了，像我父母这样吵吵嚷嚷一辈子，我也注定无法拥有幸福的，认命吧。一旦有了这样的念头，就似乎更加成为"吸渣体质"，没有一个是想和你认真终成眷属的。然而，当我不想"认命"之后，命运的轨迹开始有了奇迹般的变化。

我开始意识到，每一段感情的选择背后，都隐藏着一双手，它在无形之中操控我的潜意识，让我总是选择那些需要女人来为他无止境付出的男人，而我却认为，这样的索取完全是正常的，如果我做不到，那是我不够好，而不是他有问题。

于是，换个姿势，重新看待我自己，也重新看待爱情。身边出现的人，不管是友情，还是爱情，都奇迹般地变了。

原来，不是圈子太小，也不是命运安排，是你自己的姿势不对。当这个认命的思维不再出现以后，一切事情，从此都不再是独木桥。

我有很严重的皮肤过敏，发作的时候，整脸出疹子，红肿得像猪头一样，完全没办法出门。但我绝不放弃，我用尽了各种方法，去学习弄懂护肤品的成分，去了解自己的体质。

到现在，我已经非常知道，我该怎么样和我的脸相处，怎么样在季节变化来临之前，提前做好准备。这世上没有什么完全行不通的事情，只看你愿意付出怎样的努力。

而所谓的努力，真的不是你必须发现你的天赋，再去努力。大部分人真正的努力，不过是，把1%的成功概率，提升到50%，再提升到80%。很多人以为，智慧的人，就是懂得选择那条100%正确的路。却不知道，世界上没有任何一个人知道，哪条路100%地正确。

如果你想要好的爱情，失败了不要怕，换个姿势，再来一次；
如果你想要好的事业，尝试失败了，没关系，换个姿势，再来一次。

世界真的很大，这个大，不是地域上的大，而是认知上的大。当你的认知扩大，你才知道，原来红色，可以有一百种。不同的材质、亮度、剪裁、版型，会呈现出截然不同的上身效果。
你不是穿不了红色，而是当年你穿过的那一种红，不合适你；当你的认知扩大，你才知道，原来爱情，也可以有千百种的样子。你跟不同的人，都会有截然不同的化学反应。就像我的朋友调侃说，如果中国男人不合适，那么，就换外国男人试一试，这个世界还有几百个国家呢。

你不是不适合恋爱，你只是不适合和当年的那个人恋爱。
说放弃，太容易。

想坚持，才需要用到智慧。

人生的很多命题，跟考试题目不一样，并非只有一个答案。

人生的命题，有很多种不同的解法。
掌握更多解法的人，才能解决更多的问题。

你不是太笨，不是运气太差，你错在太傻太天真，只会一种解法、一种姿势。
所以，路越走越狭窄，最后只剩一条死胡同。

2

好的爱情，也靠经营

不会番茄炒蛋的男人
到底能不能嫁

昨天下午我在医院陪糖果打针,突然他爸说,等糖豆大一点要教他做饭,起码要和他差不多水平,别连个番茄炒鸡蛋都不会做。我一头雾水,晚一点看到新闻才知道,原来是有个留学生深夜吵醒父母,问如何做番茄炒蛋。

很多人都在谴责这个孩子,不知道体恤父母,如今互联网这么发达,难道不知道百度一下菜谱吗?非要这样麻烦父母。但我想说,有子如此,也是父母教出来的。

1

我认识的大部分男生,不要说不知道番茄炒蛋先炒鸡蛋还是先炒番茄，有的甚至连拖地都不会。记得有一次闺蜜忍不住跟我抱怨，她生完孩子，自己一个人带娃，每天忙得不可开交，但老公回家一屁股坐下，就开始喊：老婆给我找一下这个，老婆给我洗个水果。她直接怼回去：没空！结果男人却说：你没有以前那么爱我了，小心会失去我噢。

  闺蜜那一年经常感叹，生了娃才知道，家里除了孩子，原来还有一个大儿子。我忍不住逗她：恋爱时水果切好递到嘴边，当年觉得是恩爱，如今才知道，惯出来一个生活不能自理。

  中国大部分的家庭教育，都不注重孩子的生活能力，大部分孩子只需要做好一件事：应付考试。男孩尤其跟家务是绝缘体，所以他们在成年后，基本上大脑中自动屏蔽任何家务，理由很简单——我不会做，我做不好，我是男人，我爸也从来不做家务的。

  就算真的爱对方，他们也绝不会认为，帮忙做家务是一种爱的表达方式。所以，当年我看到糖豆爹既能熟练套好被子，又能做出鸡煲这种大菜，还能换水管装家具时，觉得真是捡到宝了。

2

  男人不会做家务，日子能过下去吗？可以。只是这样的人，永远无法体会到女人的辛苦和付出，永远不懂家务是看起来轻松却极其折磨人身心的事。这将会带来一个巨大的矛盾：他们极其需要一个保姆、妈妈似的伴侣，却无法在内心认可和珍视这样的伴侣。而女人恐怕要在长久的婚姻中，才会意识到，这是她们人生里一个巨大的讽刺。她在感情里的付出和得到，极其不对等。

这看起来并非一个大问题，在没有孩子之前，女孩们压根不会考虑到这是一个人格缺陷，直到孩子哭闹，那位却在旁边像个瞎子聋子的时候，才会内心崩溃——他到底有没有心？

或者等到他爱上第三者，嫌弃糟糠之妻在家蓬头垢面时，才会后悔——这么多年，都在浪费生命。

3

就算男人有良心，那么往往这样的男人背后都有一个难相处的婆婆。

多年前，另一个闺蜜跟我说的一件事，我迄今记忆犹新。她第二天要上班，早早睡下了，半夜老公喝多了回来，因没有盖好被子第二天重感冒。婆婆立即指责她：你为什么晚上不给你老公盖好被子？我看你别去上班了，连自己老公都照顾不好。

这样的婆婆不坏，也不恶毒，只是天天生活在一起，你分分钟觉得穿越回了清朝。但她们是绝不会认为自己有任何问题的。

曾经有个朋友，被一个男孩疯狂追求，她也以为遇到了真爱，却在见过男孩妈妈之后，毅然决定分手。她说：目睹了他妈无微不至地照顾他，而他一副皇太子的表情。我也是我爸妈宠大的，真的，臣妾做不到。一个用了十年时间才把居家猪队友老公调教好的女朋友说：他是终于改变了，但我的心也凉透了，爱不起来了。会不会番茄炒鸡蛋，搁在二十岁女孩眼里，那都不是事，轻如鸿毛。只有经历过生活一地鸡毛的女人们才懂：爱这种东西，无声无形，迟早有一天，真正承载它的，不是情话，而是日子。

好的家庭教育，是教会孩子过日子的能力；好的伴侣，都是过日子的好搭档。

身价过亿的霍家少爷也会陪冠军老婆去超市买菜。这是霍启刚的教养，也是郭晶晶的智慧。而那些丢几千块家用就觉得自己可以当大爷的人，真的应该祈求上天，祈求你老婆千万不要清醒过来。

廉价的付出，
只能感动自己

1

年轻的妹妹很苦恼地跟我说，自己总是不好意思拒绝同学的请求，出钱又出力。男朋友也很生气，觉得她花了大量的时间和精力帮别人，耽误了自己的生活。开始，她觉得是他不能理解她。后来，她发现：很多次无奈答应了，又做得不好，反而被别人埋怨。做了太多次吃力不讨好的事，她终于承认男朋友说的有一定道理。

一个人到底应该怎样才是对别人好？怎样才能不陷在廉价的付出里面？

这个问题让我想起多年前，我刚刚工作，同事里有一位非常精明能干的姐姐，她特别直接地跟我说："同样是这个年纪，你看看小林，从来不随便埋单。平时攒下来的钱买基金买股票，估计很快就能自己付个小公寓的首付。你再看看你，牺牲自己，自以为付出太多，你以为过几年他们会念你的好吗？"

当时听到这番话，我还很不开心，觉得她太精于算计，凡事都用钱来衡量，这样自私的人生，我才不屑去过。她也似乎看出了我的抵触情绪，又非常诚恳地补充："你不要觉得我坏，之所以和你说这些，是因为你心太软，但你是个聪明的孩子，以后你会懂的。"

她确实说中了一部分，那就是当年刚毕业的时候，我掏心掏肺去关心帮助过的人，很快都不见踪影了，甚至连感激的话都没说过一句。

难道人和人之间真的这么现实吗？

2

我用了很长的时间才想明白，当年的我，为什么空有一番善意，最后却落空。因为骨子里缺爱，太容易被一两句关心的话打动，看不清，谁才是真正关心你的人。

第一，一个人，必须要有自己交往的底线。关心，有些是客套，有些是利益，真正的懂得，极少。但当你心中缺爱的时候，你不敢去拒绝任何一个人，极度害怕因为拒绝，而导致更加孤独。可每个人的时间都是有限的，如果你要去讨好所有人，结果必然是，谁也没有感受到你付出的"珍贵"。

你不是所有人刷两块钱就能坐上去的公共巴士。拒绝小气的人，拒绝虚伪的人，拒绝做作的人。势利的人不深交，懦弱的人不深交。留下那些彼此喜欢、欣赏的朋友，玩命去深交，用心去在意他们，用心去尊重他们，给他们留时间。

付出一定是需要智慧的，不求面面俱到，只能单点深入。

而且因为是朋友，该花钱的一定得花钱，而不是用人情埋单。

没有谁的付出是应该的，越优秀的人他的时间越宝贵，要学会为朋友的付出埋单，不管是用时间还是知识，这样也会逼自己更努力，更优秀。

第二，不要习惯牺牲自己去成全他人，自己被自己感动。

在我入职场不久的时候，发生过一件事。一次同事一起吃饭，大家都在抱怨老板对新员工如何抠门，一个热心的姐姐主动提出，要帮大家去找老板谈。结果，当天她就被炒了鱿鱼，直接离开了办公室。后来，没有一个人为她说话，更不感念她的好，反而觉得这个人真傻。

相信很多人都有过这样的经历，平时自己都不好意思做的事、不肯求的人，因为答应了朋友，硬着头皮去做。

之所以这样，不过是想在朋友面前证明自己。办得好尚好，办不到还得被朋友埋怨不守信用。真正的朋友，真的用不着你去证明，他们应该比其他人更清楚你的能力和优秀。答应你能做的、愿意做的，拒绝你做不到的、不愿意做的。这是人之常情，谁也不是天使，不可能答应每一个请求。

而且真正的朋友，真正对你好的人，一定不会让你太为难，一定不会把难题丢给你，自己却做个甩手掌柜。

3

很多人在爱情中也是一样，自己便宜货，却在男装精品店给男朋友挑衬衣，给孩子买进口的食品。

我曾有一个朋友，自己是公司老板，每天坐公交车上班，穿商场打折货，先生却开着几十万的车，非大牌不穿，这段婚姻以老公出轨结束。小三理直气壮找上门，才发现，这个外表光鲜的男人，原来竟是靠老婆生活。

太多女人，从小得不到家庭的呵护和赞美，骨子里总认为自己不够好，自己的付出不矜贵，所以对自己付出很少，对他人付出很多，总想以牺牲来换得对方的关注。这样卑微的姿态，这样的付出，很难换得想要的被爱。因为带着苦涩的付出，对方感觉就像吃到了一个酸橙子，虽能解渴，但终究不愉悦。

人一定是要自己先活得很好了，才有能力顾及他人。一个人要先对自己好，才能赢得他人的尊重。现在的我，常常更愿意和这样的人交朋友：他们表面上看起来更现实，不会逼自己同情可怜谁，和他人之间只有平等的欣赏和尊重，不会仅仅因为你对我好，我就要对你好。没有谁欠谁的，省下纠结的时间，多思考思考如何把友谊的小船升级成巨轮。

不要一遇到爱情，就忍不住拼命付出，忘记了自己是谁，像邱莹莹爱白主管那样。不要在亲情的坑洞里，不停地填补，忍气吞声，都不敢理直气壮地叫停，像樊胜美那样把家庭变成她人生的吸血鬼。

不要怪世界太功利，也不要怪世界太世俗。

做一个拎得清的人，找到值得的人付出，也一定要相信：你值得他人为你付出。

女人到底应该怎么选，才最聪明

女人和男人最大的不同是什么？

有人说是思维模式的差别，有人说是生理上的差别，这些都是客观存在的。

但关于人生选择，我觉得最大的不同是：

男人的人生，几乎没有太多的阶段性区别。过了青春期之后，他们只有目标上的不同，没有本质上的选择差异。他们不需要考虑自己是回归家庭，还是为事业拼搏。他们不需要考虑生育年龄，不需要考虑容貌衰老，不需要考虑生育对事业的影响，他们的人生选项，要简单得多。

比如我的一个朋友曾经跟我说，他对人生的规划是：二十七岁买房买车，三十岁结婚生子，三十五岁要第二个孩子。我当时无比诧异：人生真的可以这样计划吗？难道不会有什么突发事件吗？难道你想结婚的时候，就能找到人结婚，想有孩子就能有孩子？但我发现，后来他真的基本上都实现了。

阻碍男人实现计划的最大原因只有一个，就是身体跟不上。除此之外，只要他们努力上进，天资不差，肯吃苦，有很好的学历背景，性格不怪，对女人要求不高，基本上都能实现目标，甚至超额完成。

所以，女人在相亲的时候，听到男人说，我想在今年结婚，明年要孩子，千万不要觉得遇到了奇葩，觉得对方太现实，或者是故意刁难你，他们确实很可能就是习惯了"设立目标—实现目标"这样一个人生模式。

而且，这些你觉得奇葩的男人，很可能真的很快就能结婚生小孩。于是，你就成了那个被父母指责的人——都是你太挑剔，当年和你相亲的谁谁谁，孩子都会打酱油了。

然而女人的人生，过了青春期之后，选项突然就会变得复杂起来。要不要结婚，跟谁结婚，在什么年龄结婚，结婚后什么时候要孩子，有了孩子之后要不要生二胎，一波又一波，每个选择做出之后，都没有回头路。选错了，都要重新规划目标，几乎是从头来过，或者已经完全失去了机会。

这也是为什么女人远远比男人更惧怕三十岁临近，更害怕大限将至，更害怕衰老的原因。女人没办法学习男人的人生规划模式。男人可以计划自己在一个行业中奋斗三年，可以给自己五年的时间去做一个创业项目。女人可以吗？也可以，那就意味着，在这期间，她的婚姻和感情恐怕很难有好结果。

所以，女人在人生选择上，比男人更犹豫不决，更难以决断，因为她们选择的成本要高得多。男人婚姻失败，很可能事业依然步步高升；而女人嫁错一个人，很可能赔进去十年人生。这也是为什么很多女人比男人更上进、更好学、更努力的原因，不管她是在哪方面努力。因为女人对人生的危机感、紧迫感更严重，所以更需要学习选择的智慧。这也是为什么女人要在感情选择上更谨慎、更犹豫、更难做决定的原因——女人的试错成本，要高于男性。

而且生活对于女人来说，真的是越往后越难。

三十岁之后，我开始对我自己的人生，只做一到三年的规划。不再强迫自己考虑十年以后的事情。尤其是当了妈妈之后，如果我想寻求事业、夫妻关系、亲子这三件事的平衡，简直是千头万绪，感觉每天有一百件事要考虑，那就需要更多的学习和智慧。

但这个智慧，与男人不同，女人不能做加法，而是要做减法。
因为没有那么多时间可浪费，所以事业上要更专注。
而且感情上没有那么多可选择，所以只能选最紧要的。

本质上来说，在我看来，女人的人生选择，通常无非是两条路，要么选省心，要么选省力。

何解呢？

选一个更爱你的人，他愿意为你做得更多，你可以不付出那么多，你省力，但因为没有那么喜欢，整日相对，连夫妻生活都很将就，这样的生活，省力不省心，心累。

选一个你更爱的人，为他做什么都欢欣，长久下来，惯出来一身毛病。这样的选择，起初觉得心甘情愿，但最后身心俱疲。

大部分女人，都会在这个圈圈里打转，永远不觉得满意，却又找不到出路。

很多人看到了太多这样的案例，焦虑地问：我该怎么办？

我的回答只有一个，找一个能照顾自己的男人恋爱，而你也要成为那个可以照顾好自己的人。

这样的选择，最简单，是为减法。

你去质疑，为什么男人可以不用生孩子、喂奶、做家务、带孩子，这些统统没有意义。

女人应该跟男人学，他们天生就是减法思路，对他人不存在太多的期望，对感情的要求也很简单——别烦我、没那么多事、直接提要求，能做到这三点，就是好的恋爱对象。

而女人天生被灌输的一种思维模式，太复杂，要心有灵犀，要佳偶天成，要每天玩你猜你猜你猜猜猜的游戏，还必须要猜对，才是灵魂伴侣。

女人不是目标感的思维,她们的眼光总是会盯住过程中的每一个小细节,而完全忽略了自己的目标是什么。这也是为什么,女人会因为男人的一句话没说对,而怀疑爱情,怀疑人生,甚至怀疑自己不该存在于这个世界上。

这世上没有完美的选择,只有简单的选择。

红色你也想要,粉色你也喜欢,最简单的选择是,多赚一点钱,两个都买。

爱情你也想要,面包你也想要,最简单的选择是,选择那个跟他谈恋爱,也不耽误你赚面包的人。同样地,这世上没有完美的关系,只有简单的关系。

我希望依赖你,你也希望有人靠,太累了,太复杂了。我管好我自己,你管好你自己,简单多了。你父母希望你这样活,我父母希望我那样做,太累了,太复杂了。你管好你爹妈,我管好我爹妈,简单多了。

所有物品,都是一样。越复杂的设计,坏得越快;越简单的物品,越经久耐用。活着也是一样,你想让所有人满意,做到100分,结果很可能是,所有人都不满意。

你做你该做的事,把底线摆出来——我就只能做到50分,你们爱要不要。然后,如果你能做到60分,他们都觉得很满意,赚到了。

所以活到现在,我越来越看重一项本事:抓大放小。每年三个大目标,能完成,就很好了;其余的就算有50件小事没完成,没关系,以后再努力。

家里不干净,没关系;老人太固执,没关系;孩子总会哭哭闹闹,没关系。只要全体成员健康平安,其余都是小事。重要的是,没有人觉得活得很不开心,这才是天大的事。

最简单的活法,最开心。更神奇的是,当你不试图去做那个最完美的选择,你反倒发现,所有的事,都变得容易了,而所有的人,都不再跟你较劲了。

这道理很简单。就像小时候,当你的父母跟你说,80分就好,你反倒觉得,很轻松就能做到,还可以考得更好一点。但不聪明的父母问孩子:这次只考了80分,你为什么没有像别人那样考到100分?下一次,他就可能连80分都考不到了。

太沉重的爱，
谁也担不起

1

一个朋友某一次泪流满面地向我哭诉，她熬好了一锅汤等先生，可是他回来的时候却说根本喝不下了。她气急败坏地说：是他说想喝我做的汤啊，这什么意思，根本没把我放在心上。

我听完这个故事，却觉得，问题根本不在这一锅汤，而是在于：她过分地想去表现自己有多么关心他、爱他；而她的先生，随口说了一句想喝，是为了成全她的付出欲。最后，这些关心，变成了负担，变成了吵架。这是日常生活中时常发生的冲突。女人的付出，最后变成了证明男人犯错的理由。"你做这些，就是为了让我感觉错得更多！"这是很多男性朋友心底真实的感觉。

同样是晚归，另一个朋友却是，早早收拾好家里，布置好房间，留下一盏温馨的灯，自己在入睡前发一个短信给他：等不住了，我先睡了。她从来不想在丈夫面前扮演婚姻生活的受害者，因为，愧疚太重，只会让男人逃离得更远，回来得更晚。

这是我心中真正聪明的女人。她们知道，如果爱情变成彼此要求、彼此抱怨、彼此愧疚，就不会再有空间留给用心了。双方的抱怨叠加在一起，就会毁了你们的爱情。

2

回到开头的那位朋友身上，她为什么因为那样的一件小事耿耿于怀，无法释怀？无非是因为：平时的她，忍得太多了。

习惯了说：没关系、没事的、不要紧。然后，默默等着男人良心发现。假如他们一直没有表示，她们就会恼羞成怒。男人却根本不知道，自己错在哪里。我问过身边很多心思不敏锐的男性朋友，很忙的时候，无法履行承诺，本来是愧疚的，但是对方说没关系，他们会怎么办？他们想了一下说：如果女生说不介意，我们就会真的不去在意了，然后，就会默认，这件事不重要。

虽然只是一些很简单的小事，但暴露出来的是一种致命的思维：热衷于刻意制造愧疚，习惯以愧疚来换取对方的用心，把自己变成了感情中的"受害者"，这样才可以理直气壮地生气、愤怒、抱怨。然后执着地等待他心生愧疚，却发现他很可能根本不愧疚。

这样的思维最终造成的结果就是：我牺牲了自己，付出那么多，结果都没有得到回应，这个人太自私了，太没良心了。这样的思维极其强大，它通常来源于妈妈的传承，是上一代女性当中非常"受欢迎"的一种心理模式。

这也是为什么，我们有时会感受到母爱如湿棉袄一般，冷的时候想穿，穿上却那么难受的原因。

因为这样的爱太沉重了。

你看到她们沉浸在这样的付出里，而你必须配合时，你其实既感受不到幸福，也感受不到轻松。

做了早饭，你明明没有胃口，也必须得吃。

一道菜，你说了一句好吃，然后连续十天都要吃这道菜。

明明条件允许他们过得更好，却喜欢让你看到他们辛苦、节俭、苛待自己，因为这是他们"伟大"的付出方式。

而终结这样的思维，并不那么难。

三点原则，请牢记。

1. **相信你自己的价值不在于牺牲自己**。对于爱你的人来说，你只需要做好自己就够了。你越关注自己，他越觉得轻松。你活得难受，你不舍得花钱，表面上，你是为了他付出，为了他受苦，可这段关系里，没有一个人高兴，这样的生活，谁能长久熬下去呢？唯有换得其他人更高兴、更满足的付出，才是有价值的，才是让对方感觉到有价值的，才是让对方更有动力去努力的。

"我才不稀罕你赚到的这些钱，我要的是你的爱"，这样的话，其实彰显不了任何人的高尚。

换一个表达，"你辛苦赚来的这些钱，我们一起用它创造更多美好的体验吧"，这样的话，是不是两个人都能更多感受到爱的滋养呢？

2. **你爱的人，不是高高在上的。你自己，和他同等重要。卑躬屈膝，换来的一定是你自己内心的扭曲变形。**人生不是宫斗剧，你不需要做那个时刻想着争宠的嫔妃。事实上，后宫之所以那么冷酷无情，恰恰是人与人之间太不对等。赢的人，呼风唤雨；输的人，命如草芥。

时代的进步，已经让女人无须仰人鼻息。不管是做一棵树、一朵花，都可以活出自己的姿态和风采。感情的意义，婚姻的意义，都不该是找个人来服务我，而是找一个可以互相扶持的人。

虐待自己，博取爱意，那是一百年前的女性思维，是女人没有独立的机会，不得已而为之。在这个时代，唯有拥有自爱、自尊的人，才会让对方感觉到：这个人，可以和我并肩作战，走完此生。

3．能做到，就做。做不到，就拒绝。太多人接受了一种旧思维的洗脑，认为做好事不留名，才叫伟大。于是咬牙切齿地扛着，哪怕不愿意也要做，要去帮。做到了，别人以为是应该的；做不到，就成了好心办坏事。

如果需要牺牲，那就叫对方知道，你需要牺牲什么，让他来判断他是不是能够偿还得起这样的付出。

很多时候，往往对方压根不知道，这些事需要你付出什么。而你却因此累积了很多负能量，等到爆发的时候，他却完全不知道你到底出了什么毛病。

深夜的那锅汤，背后可能是很多次的等待落空，可能是推掉了朋友的约会，可能是曾拒绝了很重要的一个机会，可能是忍下了多少次的疲惫还要装贤妻良母。

而这些，他根本统统都不知道。

如果可以请相信，没有谁故意想要让你成为一个"受害者"，也没有谁真的想要看到你痛苦、自怜、自残。

不要把你不开心的理由，全都推到对方身上。
不要把你的行程表都围绕着一个人展开。
不要把你情绪的遥控器，交给其他人。

当然，如果有人希望你这样去做，并且让你觉得，必须要这样被控制、被挟制，才可以得到他的爱；那么可以肯定的是，他并不爱你，甚至根本不懂怎么去爱一个人。

因为，懂爱的人，都愿意对方活得更自由、更轻松。

没有生活的人，
也给不了真正的爱情

1

多年前，一个大姐曾经跟我说过一句话，至今为止，我都印象深刻。她说：你不要看男人们台上的风采，要看他生活里最喜欢做什么，那才决定这个人的内在格调。

很多男人，的确很优秀，但他们几乎都没有生活，并且引以为傲。我见过很多在婚姻当中常年绝望的太太，她们婚姻的共同点就是：老公很优秀，但几乎只把家庭当作一个旅馆。一个家，除了一张可以睡觉的床，更多的应该是彼此之间爱的交流。一间屋子，女人会影响其中空气的味道，而男人却是空气的含氧度。

没有生活，没有兴趣爱好的男人，就是低氧度的空气。

2007年，经历长期透支自己的工作，主持人汪涵来到一个叫靖港的地方休养生息。也就是那时候，他彻底想明白了自己想过的生活，那就是风轻云淡，临高岗而振衣，临清泉而濯足，把脚步慢下来。也就是从那个时候开始，汪涵日渐成为我们现在看到的这个高含氧度的男人。综艺节目《我们来了》中，明星第一次入住偶像之家，汪涵便欣然下厨："这是麻油对不对？因为娜娜她不吃猪油。""雅芝姐胃不舒服，这个面得煮软一点。""梦瑶胃口好，分量不能少。"每个人的喜好汪涵都记得，倒酱油、放葱、淋热油、拌面，每一个步骤都有条不紊。

汪涵曾经特地为太太打造过一款"乐乐面"，用四个小时给儿子小沐沐做过一把木质勺子。

守住一方天地，摸清各种路数，幻影移形，凌波微步，以不变应万变。这是这类男人的生活方式。

2

女人要经历一些故事之后，才会知道，那些看起来斗志昂扬，擅于攻城略地的霸道总裁，真正相处起来未必有那么舒服。他们太习惯改造对方，并要求对方适应他们的日程。爱对他们来说，大概就是即使我只有一个小时恩赐给你，你也应该24小时待命。世界很大，你只能占据霸道总裁心里极其微小的一部分。况且有些男人,空有霸道总裁的脾气,而无那样的才华和成就。

有个女朋友,年轻时候就偏爱霸道的男人,那种不容拒绝的自信气势,很容易就征服了她。起初她仰视着他,充满着迷恋,他的每一个要求,她都当成圣旨。她期待着被他带到公众场合,带到他的朋友圈里,可真的站到了那个位置时,她感受到的不是幸福,而是失落,满满的失落。他忙着觥筹交错,根本无心顾及她,连好好介绍一下都不曾有过。

那个场景之下,他令她感到自己非常糟糕,她不知道自己对他来说,到底意味着什么。巨大的挫败感让她决定退出这场看起来光环耀眼的爱情。

后来她慢慢接触到一个大学老师,发现对方很少花时间在各种应酬场合觥筹交错,他会邀请朋友到家里,亲自下厨。他是真的享受下厨这个过程。他爱喝茶,爱钓鱼,这些兴趣爱好,让他能够在回到家之后,很快就抛掉工作中的焦虑和烦恼,变成一个懂得享受生活的男人。他对爱人的要求就是,她也是一个懂得享受生活的人。他需要的是一个伴侣,而不是一个助理或者跟班。

但也只有体验过跟班似的爱情,才能破除掉对霸道总裁的执念,也才知道愿意沉到生活里的男人,并非胸无大志,而是他们选择了另一种活法。

3

初次认识一个人的时候,我们都会被他外在的各种标签影响。我们看到的往往是一个人外在的风光,也会更多地被这些吸引。不可否认,这样的人,也有才华横溢的,他们能够教一个女人如何更加理性、更加现实地融入社会,他们会打磨掉女人们不切实际的天真和幻想,他们会把一个女人变成年轻版的自己。女孩子在年轻时,很容易被这样的人吸引,是恋人,但恐怕更像是父亲、老师,而不是男女之间的感情。

一个优秀成熟的男人,真正影响一个女人的,应该是更宏大简洁的世界观。不管世界如何变化,你都可以保留住自己的那一方天地。而你的朋友、你的兴趣爱好,就是你小世界里的保护神。

我欣赏这样的男人:你见不到他们身上有任何大大的logo(标志),也看不出他的服装品牌,但是你看得出那些衣服质地良好,令人舒服自在,就像他们的谈吐一样。

他们在生活里就像"神仙"一样,只有说起自己喜欢的东西时才滔滔不绝。他们会比女人更懂生活,更懂享受生活,他们当然也很拼,但他们知道,家才是他们奋斗的动力,生活才是滋养一切的源泉。

所以,不要以为只有美,才能拥有好的爱情。懂生活的人,热爱生活的人,才容易"金风玉露一相逢,便胜却人间无数"。

一个真正成熟的男人
是什么样子

年轻的姑娘总会问我一个问题：到底什么样的男人才能嫁？这个问题太复杂了，一把钥匙配一把锁。一个真正成熟的男人，会让你看到不一样的世界，让你成为和过往不一样的女人。

但请记得，真正优秀成熟的男性，套路很深，但绝不是偶像剧里的那种霸道总裁套路。你要拨开那些标签，才能看到他的内心深处，到底是不是足够成熟。

1. 他让你变得更低，还是更高

苏菲同时被两个优秀的男性追求。A先生特别健谈，很懂女孩的心思，会花心思制造很多浪漫，会送她音乐剧的VIP门票。B先生看起来没有那么投入，而且很少主动安排约会的内容，总会说：去你喜欢的地方。

我听了她的描述，知道她必然更喜欢前一个。我也知道，我恐怕很难说服她。于是我给了她一个提议，让她分别去见见他们各自的朋友。

半个月后，她心情很低落地来找我，进门就跟我说：和A的朋友们在一起，很难受，他们一副"你凭什么跟他在一起"的挑剔模样，尤其是他的女性朋友们。

尽管如此，她还是被A先生的甜蜜攻势征服，去见了他的父母。却很快就发现，他的父母和他的朋友们如出一辙，言谈举止间都是"我的儿子这么优秀，你凭什么可以配得上他"。

时间久了，她竟然真的有一种感觉：他太优秀了，我和他在一起就是高攀，所以我应该更多地放低姿态去配合他。

我看到她日渐憔悴，失去了之前的风采，却知道她舍不得，因为他能满足她太多少女般的绮梦。只是那感觉，大概就像坐过山车，顶点之后，全是低谷。

很多姑娘遇到这样的男人，都会有一种错觉，觉得他会带你看盛世繁华。繁华若梦，只是那些都是拿低到尘埃换来的。但这是必经之路。我对苏菲说：某些遇见和爱上，一定要趁早；早一点痛，你才会知道在爱情中,到底应该把自己摆在什么样的位置。

2. 真正成熟的男人,会让你变得更高

半年后,她不声不响分手了。甜蜜背后是这个人的自我,甚至是自私。他把一切都安排好了,沉醉其中,根本不管她是不是有时间来配合。他最爱的人只有自己。他们分手的原因是,他总是在朋友面前对她呼来喝去,丝毫不觉得有什么不妥。他不理解:我只是让你帮我维护一下面子,不可以吗?

他可以在半夜打她电话,把已经入睡的她喊起来,让她赶赴他的聚会场地。他经常说:你那个工作别做了,又没有多少钱。丝毫不在意,她为这份工作付出了多少心力。

真正成熟的男人,应该是面目平和,内有乾坤。

他们会交那些不张扬的朋友,默默尊重对方的选择,而不是对他的人生指手画脚;

他们也不需要在朋友面前刷存在感,因为他们无须活在别人的眼光里;

他们站得很高,但是会俯下身去,去理解对方的坚持和热爱;

他们会去想"什么事对她很重要",而不是去想"什么事对我很重要"。

这个时候，苏菲想起B先生的朋友们，他们都非常绅士，谈话间都很注重她的感受，而且他们为了让她不那么紧张，还会主动讲B先生当年的一些糗事，让她觉得自己很被尊重。和他们在一起的时候，她知道他们很高，可心里不会觉得自己"很低很低，低到尘埃里"，而是，自己再努力够一够，离他们更近一点。

只可惜，那个时候，她还不理解，这样地放低自己，是多么难能可贵。

3. 他的朋友代表他的人品

人以类聚，物以群分。看一个女人的朋友，可以看出她的品味。看一个男人的朋友，可以看出他的人品。所以你要想知道，这个人是不是真的值得爱，就去看看他的朋友。看他的朋友怎么对待你，就能知道，你在他心中位置的真正高度。

汪涵说："每一个男人最开始就是一颗尘埃，因为一个女人，他才会变成一座山丘。"

而我最感动的是，他在采访中提到妻子，眼含深情："看到她我就觉得，我的天在那儿。"

高下立见的是，有的男人是给不了女人安全感的，因为他只会让女人觉得，他很重要。

而有的男人，初次遇见并不十分动人，久了却总觉妥帖，因为他总会让女人觉得：我很重要。前一种是霸道总裁的套路，后一种是儒雅绅士的风度。

两种或许都是套路，但女人懂得欣赏后一种，是需要时间的。

就像男人懂得欣赏真正的淑女，也是需要时间的。

这就像我们年轻的时候，买东西都更喜欢色彩斑斓的，越闪亮越有存在感。等到后来才知道，东西的好不在颜色款式，而在质地。黑白灰才永远是经得起时间考验的，因为它衬托的是"你很美"，而不是衣服很美。

这就像我们有时候见到一些伴侣——

有的伴侣，我们会说：你嫁了一个好老公。

有的伴侣，我们会说：你娶了一个好老婆。

谁更风光，冷暖自知。

我想，遇到后一种，一个女人，才真的是遇见幸福。

最懒的活法，
最痛苦

　　身处情感困境中的女孩，也许她们遇到的人不同，相处的细节也都不同，但抽离这些细节之后，她们都陷入同样的困境——他就是我当下唯一的选择，我怎么样才能让他马上娶我呢？除了他我不可能爱别的人，他为什么不能像我爱他那样爱我呢？

　　问题看起来是后半部分，但如果真的要去解决那个部分，多半两败俱伤，不但求不得，还让自己失去得更快。

　　原因很简单。因为你前半部分就输了——你让自己成为"囚徒"，你把自己所有其他的路都堵死了。你限定了，他就是那唯一的一个选择。

　　这是爱情的一种魔法。

　　当你遇到他的时候，一眼万年——也许只是当时他穿了一件白衬衣,恰好是你最喜欢的样子。只此一眼,就铭记在心,再也无法抹去。尽管此后,你又发现了这个人身上,有一千个不合适、不对的地方,但因为初见时的电光石火太过难忘,于是你就愿意飞蛾扑火般,只想再无数次地复制那个瞬间。

结果,从此以后,再也没有成功复制过那样的时刻。

这也是为什么,很多女人爱得死去活来,但身边没有一个人理解她的选择。无他,她只是沉睡过去了,不愿意醒来,不愿意被唤醒而已。

人是一种很擅长下魔咒的生物,不只是在爱情里。在很多感情关系里,都是母亲给自己下一种咒——他还是个孩子,他没有我不行,于是,有了妈宝男;男人给女人下一种咒——你什么都不会做,没有我你活不下去,于是有了各种虐恋;女人给自己下一种咒——失去了这个人,我就什么都没有了,于是有了死生不放手。

这都是不健康的畸形关系,可惜的是,在我们很传统的价值观里,它们非常流行,比流行感冒还要流行。

如果我问那些为情所困的女孩子:没有这个人,你真的会死吗?她们都是很诧异地看着我,然后很艰难地回答:不会。

那么,没有遇到这个人之前呢?

"我似乎过得更好啊,我工作更努力,我给自己设定了很多目标要去实现,我经常跟闺蜜去旅行,除了被爹妈念叨还没嫁出去之外,一切都好。"

那么,遇见之后呢?

"一切都被打乱了。我不知道他什么时候有空,我总是要腾出时间来等他。工作也不上心了,闺蜜也顾不上了。见之前都很开心雀跃,见到以后就觉得他达不到我的期待,就会容易生气。最后,不欢而散。他就是不够爱我,不想跟我结婚。"

我又笑着问她:他让你空出所有时间等他了吗?是谁让你把他排在第一位的?你怎么知道,你嫁给他就一定是幸福的呢?谁给你下了这样的保证书?

现实或许都是很难接受的。

只是,我们在给自己下咒,让自己别无选择的时候,都忘记了现实,而是一厢情愿地相信:他就是唯一,他就是我必须要抓住的稻草,他就是幸福。

让你看起来无路可走的,不是他,而是你自己。
让你在爱情里受苦的人,不是别人,而是你自己。

你的委屈,你的愤怒,你的惊慌失措,源自你不愿意给自己更多的选择啊。成熟而长久的关系,没有什么秘诀,不过是,我们在一起，但我们有选择：我有空的时候，我来配合你的时间；你有空的时候，你来迁就一下我。或者，我们定一个时间，然后我们都把时间空出来。这是麻烦的，这是需要动脑的；但这是有选择的，这是活局。我的时间比你多，我的时间不如你值钱，那么，好吧，我配合你，你有时间的时候，我必须要有时间。我应该把我的日程表都空出来。这是简单的，这是不需要动脑的。这是没有选择的。这一定会变成死局。

有的女人，很幸运，他们遇到了好的父母、好的对象，所以，从一开始，就习惯了有选择，并且只会去选择那些同样能给她们空间的人；而很多女人，就没有那么幸运了。她们以为自己从来都是没选择的，出生无法选择，相貌无法选择，感情也无法选择，所以得到什么，都拼命执着地守住，不愿意放过自己，更不愿意放过对方。但我们之所以在成人之后，仍然需要学习如何去活这一生，不是要去学那些技巧——如何让男人俯首帖耳，如何让感情永不失败，而是要去学习：是的，生命的开始，真的是无法选择的。

你被踢下来，到了这个陌生的人世，渴求很多的温暖，渴求很多的安全感，然而，你都没有得到。于是，你转头，只求一点点温暖，只求一点点安全感，却还是经常失败。为什么无论怎么选，好像都是错的？不是你来错了地方，是你搞错了命题。如果你面前有两个男人，等待你选择，A有钱而无爱，B有爱而无钱，怎么办？最好的答案，不是A或者B，而是你要相信，一定有C、D、E可以选择，钱和爱，本来就不是对立的，一定会有一个更平衡的答案，只是需要你付出更多的时间和等待。这才叫有选择。如果你在这里，得不到欣赏和支持，那么，换一个城市，换一个地方，换一个圈子。

除了父母，除了生死，没有什么是必须这样或那样的。没错，有些人给你的感觉，的确可能是唯一的，是无法复制的。那么，你也是有选择的，你可以选择抱着这样的回忆过一生，也可以选择把它放在心里继续往前走。

人生真正之苦，不是没有选择，而是你需要一直做选择，不停做出各种选择，来完成点滴腾挪转换，一点点获取更多的自由和自在。而最懒的活法，就是，我做出一个选择，我努力过了，我就躺在那里不动，你们都要来配合我，不配合我，我就活不下去了。

其实，最懒的活法，最痛苦。

爱情，
是一场永恒的博弈

年轻的时候，谈恋爱，都会用一些可见的东西来衡量对方是不是爱自己：陪的时间够不够多？送的礼物够不够显眼？表白的话够不够肉麻？

常常有人问我：你这样理性的人，即便是年少，也肯定没有过那样的时刻吧？我笑了。二十岁的时候，我也有过如此这般的烦恼。满校园里，男生帮女孩子提包，被视为体贴。问对方：为什么不能帮我拎包？对方答：太重的，拎不起，我帮你拿；你自己拎得起，就自己拿吧。到了各种节日，看到身形高大的男孩子抱着一大捧玫瑰花，或者一个半人高的公仔，女孩子从公寓楼上笑着走下来，娇小身躯快被玫瑰花、公仔淹没，男孩宠溺地望着，这样的画面，总是能收获无数注目。于是问对方：你什么时候可以这样呢？

答曰：大男人抱着一束花走在大街上，太傻了。我听到这样的话，一样会生闷气五分钟。

谁都会有把肉麻当爱情的年纪，我一个年逾四十的女朋友，依然喜欢高高大大有着少年气质的男人，在楼下抱着一束花等她。有些人期望爱情的画面，永恒地停留在十八岁，不愿意改变。但十八岁的爱情，真的快乐吗？仔细数来，自怨自艾的悲伤，远远多过快乐——因为每一分每一秒，都在计算，都在比对，"他爱我"是不是要更多一些，远远胜过"我爱他"。这样的心思，在无须考量生活、理想的时候，是甜蜜又苦涩的爱情烦恼。可到了要打拼的成年人身上，就纯粹是自寻烦恼，自讨苦吃。

一个在职场上冷静自持的姑娘，总是苦恼地跟我说：为什么每次见面前，我都很期待，很高兴，可是见完之后，就生气，就失落，失望？这段恋爱谈得太累了，我觉得坚持不下去了。我问她：你们相处得不好吗？她说：我们不见面也会聊很多啊，什么都能聊，工作、感情、理想，甚至哲学。

我问：那还有什么不满意？她回答：他太忙了，整天在出差，陪我的时间太少了啊，一周只能见一次。我笑着问她：陪你聊天，不是陪你吗？有的情侣，每天都见面，却聊不了半个小时呢。她突然醒悟过来：是啊，那些每天都有时间陪我的人，是我自己不要啊。

女人往往是这样，明明是可以独当一面的成熟女人了，却又想要精神上的灵魂之交，又想要十八岁时的形影不离。完全忘记了，有些东西，从来就是矛盾的。选择爱情的时候，是三十岁的心智；衡量爱情的时候，却又回到了十八岁的心智。

最后，连她自己都不好意思地说：对，我其实是在想他身上弥补十八岁的遗憾。选了一个成熟的人，却又想他做一些幼稚的事来讨好我，甚至会想：他为什么不能放弃工作来陪我？那一定是不够爱我。我问她：那你愿意放弃一切去爱他吗？她摇摇头说：当然不可能，我已经不是十八岁的小女孩。我的职位，我如今的薪资，也是我没日没夜、一手一脚挣来的。

是的，我们都已经无法做到，倾尽所有地爱一个人，而且清清楚楚地知道，那并不是爱情，而是缘自当年拥有得太少，想放弃，很容易。要求这个人，总是以"我爱你""我可以为了你委屈自己""你比其他事都重要"的姿态出现，才能时时刻刻坚信：他是足够爱我的。

这是属于青春爱情的绮丽，同样地，也往往是年少时爱情悲剧的来源。

人的成熟，有一个标志，就是能够真正地接受：
我并不需要时刻从他人的身上，找到自我的存在感。
我可以在和他人分离时，不焦虑，不恐惧。
"我"有存在的价值。

当年的我，在恋爱里因为对方一句话、一个眼神就感到受伤的时候，并不能分辨，那句话、那个眼神到底与我有关，还是与我无关。或许只是他自己心情不好，我却为了这些刨根究底，黯然神伤好几天。

当然，当时我也不知道，我会成为现在的样子。这是岁月最宝贵的馈赠。

不以物喜，不以己悲。年少时，以为这样的状态，大概是无欲无求，是没有了激情与活力的死水状态。后来方知，是学会了分离。我是我，物是物。他是他，我是我。

这并不妨碍我们彼此拥有，彼此相爱。只是学会了，不以感情来作为评判自己对不对、好不对的指标而已。

他没有时间陪我，他真的很忙，而他是我选择的，我选择了这样的人，是因为他身上有我更想拥有的特质，是幽默，是才华，是灵性，是温柔，是不平庸，皆是我在其他男人身上没有见过的东西。为了这些特质，我可以接受"我们没有那么多肉体陪伴的时间"，但却拥有更高质量的精神陪伴。

我为我在爱情上的选择负责。要么，我承认我的选择失败，我不够了解我自己，我其实需要另外一个人。

那个姑娘最后说，如此想来，一切安好，水落石出，才真正看到自己在这段感情里的"得到"；而不是每日被那些失去困扰，自我怀疑，自我否定，怀疑自己是不是不够有魅力，怀疑对方是不是总在敷衍自己。

当她放下那些纠结,再去相处,对方诧异地问她:你怎么几天不见,变了这么多?这是什么魔法?

她巧笑倩兮:哪里变了?

答曰:变得更可爱了。

抱歉,我不会像某些作家那样,谆谆告诫女孩子:能给予你足够多时间和金钱的人,才是真的爱你。到底怎样才算是多呢?

如果你追求多,那么,你永远不会满足,只会看到那些比你拥有更多的人。但你又怎么知道,别人在感情里的得到,是拿"失去"换来的呢?

而那个失去,很可能是你付不起的代价。

爱情,是一场永恒的博弈,博弈的对象,不是那个他,而是你自己的心,是你自己的不满,是你自己的缺失,是你自己的求不得。只有你自己繁花似锦,才能得来锦上添花。

你对他，
比对自己更好更大方

你是不是爱别人远远超过爱自己？

前几天一个朋友很郁闷地跟我说，她咬牙给先生买的爱马仕领带，居然还放在柜子里，他一次都没用过。买的时候我也在场，我劝她：第一，你拿不准他是不是喜欢；第二，不如用这个钱给自己买条丝巾。她站在柜台前犹豫了几分钟，明明有自己更想买的东西，却还是选了那条领带。

那一刻，她大概想到的是先生收到礼物后会开心地拥抱她，那种想象的幸福感让她做出了那个选择，所以后来才那么失落。

生活中，我们常常都会这样吧—— 对别人，比对自己更好更大方，结果人家并不领情。

1. 你是不是爱别人远远超过爱自己

一个多年的"粉丝"跟我说，她和男朋友大吵一架，因为买包的事情。

她坚持要给他买个Prada，可他却坚持随便买个Coach就好。她很生气：我明明是为了他着想，可他在商场当场给我难堪，太没面子了。该怎么说服他？我跟她说：为什么要说服他？你自己好像连Coach都舍不得买吧。她呆了呆，想了想说：是的，是我自以为是地要对他好，让他知道我很在乎他，结果大吵一架。

我不是没吃过这样的亏。

每次出差都要给先生带礼物，跟强迫症一样。有时候来不及买，就在机场买。结果买的东西常常不讨他喜欢，每次我见到买的衣服挂在柜子里无人问津，想到那个吊牌价格，就有点难过。后来他直接说：别给我买，给你自己买就好了。

有时候明明难得周末休息，可朋友邀约自己，就推掉了先生，陪朋友吃饭去了，结果回来后发现先生在家闷闷不乐，又开始愧疚。和先生去看电影，明明不想看的电影，看他那样兴致勃勃，最后硬着头皮看完全场。晚上忙忙碌碌做家务，可到了自己身上，连敷个面膜都觉得太麻烦，太浪费时间。

每次只要陪闺蜜逛街，自己总是很难买到特别心仪的衣服，因为心思都放在对方身上，帮她参谋去了。每次都帮朋友按照她合适的风格选了衣服搭配好,对自己都没这么用心过。一直想去吃的餐厅,自己去吃总觉得太贵,都要等到请别人吃饭的时候再去。

总有许多这样的憋屈时刻。

2. 眼里习惯望着别人,唯独看不到自己

为什么就不能对自己更好一点,更舍得一点呢?

回头想想,莫不是从小耳濡目染,成长的环境一直告诉我们——

别人比你重要;

别人的评价更重要;

新衣服新鞋子,都要留着出门走亲戚的时候穿;

舍不得买的贵菜,都要有客人的时候才可以吃。

最体面的样子,都是在重要场合展现。平时在家全是凑合着穿各种起球变形的旧衣服。眼里看到的都是别人需要你做的事,唯独想不起自己。久而久之,时间不是自己的,心情也不是自己的了。

爱自己真的不是狠心买点贵的就能达到的,它是每一天的点滴,是你的每一个细微选择啊。为什么我们总是会羡慕那些很自我的人?因为他们在每一个当下,都习惯不委屈自己,都会选择让自己高兴。点菜会直接说他们想吃的,需要你帮忙从来不用扭捏,给

自己买贵的东西绝不会愧疚,他们总有时刻让自己被关注的能力。

爱自己,简单说,不是一个状态,而是选择。

你知道,在那些需要做选择的时刻,你可以选择自己想要的,并且不为之愧疚。

为什么不能选一部两个人都喜欢看的电影呢?

为什么不能拒绝朋友,先安排好自己的生活?

为什么老公孩子用的一定要比你的更贵更好?

为什么要那个人不在了,才想起自己可以爱自己?

阻挡我们活得更好的,往往不是别人,而是我们习惯了对别人比对自己更好。

你习惯了眼睛总盯在对方的需求上。

努力去满足去讨好,结果受伤的总是自己,也没有得到回报。

3. 你是不是已经忽视自己许久了?

几年前,闺蜜总是会在深夜来找我聊天。兜兜转转,绕了一大圈,说老公不够理解她,不够关心她。但其实,我知道,真正的原因,并不是她先生不够爱她,而是太忙,一个月有半个月在出差。而她无论做什么,都会想着:等他回来再说吧。结果,等他回来,他依然有事要忙,并不能把所有的时间给她。而她已经积攒了半个月的期待,当这些期待落空,巨大的失望让她感受到了深深的不被爱的难过,最后变成生气和愤怒。

碰到一个想吃的餐厅,因为想着,等他回来再一起吃吧,于是没有去;遇到一件喜欢的衣服,因为想着,问问他好不好看再买,结果等他回来,断货了。

朋友约自己去旅行,因为要等他的时间,所以永远不敢答应。心里积累了无数想说的话、想分享的感受,可当他回来,却没有时间好好停下来,听她说这些琐碎的鸡毛蒜皮的感受,他想做的事,并不是她渴望的。

久而久之,她内心里形成了这样的观念:想要的、想去的,说了也没用。我了解她心里的这些失望,但依然要很理性地告诉她:这痛苦的根源,不是他无法满足你的期待,而是你没有学会自我满足的思维方式。

这样的牺牲和付出,是一种假象。

表面是"我因为他,牺牲了这么多",但本质上是因为,你没把自己当成人生的主人。

在我们小的时候,无论想要什么,都必须征得父母的同意。想吃棒棒糖,需要父母给你买;想要出门玩,需要父母允许;想要一件新衣服，需要父母掏钱。如果父母拒绝了，心里就会失望，可是也无能为力。

但一个人长大了，最重要的改变就是，她有能力在任何有需要的时候，立即满足自己，并不需要任何人批准。

爱情，并不是给你匹配了一个爹妈，那个人不过是你的伴侣。有时间就相互陪伴，没时间就各自精彩。你并不需要时时刻刻都等着他来陪伴，等着他来允许，等着他来回应。不是非得这样，才能叫幸福。自我成全、自我满足，同样可以是幸福。

一个人必须要改变这种"牺牲"的思维，因为当你习惯性去匹配对方的需求时，你会渐渐忘记自己需要什么，而对方也不知道怎样才能满足你了。

很多时候，别人问：你需要什么礼物？你想去什么地方旅行？你今天特别想做什么，想吃什么？

如果你总是不知道答案，说明你已经忽视自己许久许久了！

我想当我准备再委屈自己的时候，我会想起朋友买的那条爱马仕领带。它似乎提醒了我：多关注自己，多爱护自己。不是我们不在乎其他人，而是别以牺牲自己为代价来换取别人的在乎。

更重要的改变是，当你不再有那么多的事需要他来成全的时候，你也就不再有那么多的失望和抱怨。

就像我的女朋友，如今她已然习惯安排好自己的生活，而当她改变之后，她老公反而放下了自己的事情，主动问她：你有没有需要我陪你做的事情啊？

当我们把眼光放回到自己身上，其实一念之间，世界往往就会改变，因为这会让对方知道：我很重要！我值得你用心去对待！

所谓的经营家庭，
到底是经营什么

多年前，我认识一位朋友。每逢见面，她总是跟我倾诉自己的不容易。多年来为了孩子，她早就放弃了事业进步。所有的时间都给了孩子，从深圳关外搬到华侨城上小学，只为了给孩子更好的教育环境。而初中呢，她早早地斥巨资买好了福田的学区房。传统眼光看来，她真的尽职尽责，一心为家，但她却感受不到一点幸福。

是她老公不爱她吗？据我所知，当年她是学霸，老公是同学，对她穷追不舍，苦苦追求多年才得其青睐。婚后也一直对她呵护有加，她在家说一不二。

有一次，我们一起吃饭，路过一家店，她喜欢橱窗里那条紫色的真丝裙子，我们都鼓励她试一试。试完后确实漂亮，她老公开心地说，买吧。正准备埋单，她看了一眼标签，发现这条裙子要一千多,立马拉下了脸说:这种裙子,没什么场合穿,浪费钱,不买了。老公坚持了一下说:又不是买不起,你开心就好。她却断然拒绝:不买,那么多要花钱的地方呢。

我看到她老公的眼睛立马黯淡了下去。她始终对他不满意,嫌他赚钱不够多,嫌他对孩子的教育不够用心,嫌他不能理解她的用心良苦,还嫌他花钱大手大脚。

这样的状况持续几年后,突然有一天,她哭着给我打电话说:老公离家出走了,怎么办?我奔到她家,那是我第一次去她家里。

虽然小区很高档,但房子是租来的,满客厅都是孩子的东西,书桌、玩具、作业本。家里没有柔和的灯光,没有一株植物,中午吃过的饭菜还摆在桌上。

唯一让人感到温情的东西,是一张全家福,里面的她和他很年轻,孩子刚出生不久,一家人眼睛都是光亮的,透着对生活的憧憬和希望。她神情沮丧地告诉我,偶然看到先生跟其他女人诉苦的短信,她暴跳如雷问他:是不是出轨了?他说没有。她不信,痛诉她的种种不满。结果他居然离家出走,几天没回家。走之前,只留下了一句话:你已经不是我当年喜欢的那个人。

她问我:到底为什么?为什么会变成这样?

我轻轻地跟她说了一句话:这个家,不像家。如果是我,我也不喜欢在这个家里待着。她愣住了,说孩子也跟她说过同样的话,说更喜欢同学×××的家。真要论对错，她没有错。她努力、积极，她希望老公更优秀，她希望孩子比她更优秀，她省吃俭用，她绞尽脑汁地为家庭的明天规划安排。

这些都没错。但可惜，没有一个人开心。没有。孩子不开心，经常说头疼；先生下班后经常一个人躲在房间里；她也不开心，觉得全家人都不配合她。

她习惯了事事要强争第一。当年他喜欢这样的她，光彩熠熠，斗志昂扬。可成了夫妻以后，她依然斗志昂扬，只是没有了光彩。她只懂努力，不懂生活。偶尔也会全家出去旅行，但她把行程规划得满满当当，景点打卡一圈下来，不像在旅行，倒更像是在拉练。不太会做菜，也觉得做一桌子要蒸炒煮太浪费时间。偶尔她自己一个人在家，下个面条就是一顿。

除了同学、同事、孩子同学的妈妈，她没有交际圈，对各种补习班、学校的优劣如数家珍，但对一切潮流的事物都不关心。

所有的衣服都以方便为主，方便带孩子，方便出门，耐脏，可机洗，宽松，舒适。家到底是什么？她大概从没想过。

她跟我说：我家很好啊，每天我都要做两遍卫生。但实际上，我真的待上十分钟就想离开。

到底什么是家？我无法给出一个确定的答案。但家一定是一个走进去，就能让人感受到放松、满足的地方。

朋友的家，我去过为数不多的几个。唯有一个让我印象最深刻。阳台上郁郁葱葱，进门就闻到了舒服的精油香薰的味道。根据季节的不同，每天家里都有不同的花果茶。孩子的东西都被收到了她自己的房间里，因为客厅是属于全家人的。而且每个人在客厅里有自己的位置。爸爸喜欢阅读，他的专属沙发旁边，放着一盏光线合适的阅读灯。妈妈有自己的精油角，在沙发的左边。孩子喜欢画画，画板在沙发的另一边。

而我自己喜欢的家呢，一定要有绿植，一定要有花，一定要有几个书架，一定要有一个漂亮的梳妆台，一定要有音乐，一定每个人都有一个喜欢的角落。

这个时代，无数人都在抱怨着婚姻，抱怨压力，抱怨无法沟通，抱怨人心易变。

却没有想过，找一个人，组成一个家，最重要的目标不是别的，而是我们能在一起好好生活。没有生活，那就像一台没有润滑剂的发动机，干涩、僵硬、嗡嗡作响，令人生厌。

记得一个朋友偶然去过另一个朋友的家以后，跟我说：真的，一进去就感觉想吵架。还有，看到孩子的神情，觉得他很可怜。后来我们才知道，那两个人正在闹离婚。

能量场这种东西，你自己久居，习以为常，早就迟钝了；但其他人一进去，却能敏锐感知到各种不舒服。很多人或许花了很多钱去买到一间房子，却很少花心思去研究，如何让住在这里的所有人感觉到舒服,感觉到一进门就可以把委屈、压抑统统关到门外。否则,我们这么努力,是为了什么呢?是为了在外面受委屈之后,回来继续争吵吗?

很多人给试图改变状态的女人支招,告诉她们:你要穿名牌,你要打扮自己,你要保持窈窕的身段,这样才能挽回婚姻。在我看来,这些都是治标不治本。

那么花巨资豪华装修一个家?没有用的,豪华是给别人看的,住得舒不舒服只有自己知道。或许我们都有很多的理由:工作太忙,拼事业太辛苦,无暇打理,孩子要教育,老人要照顾,等等等等。但如果像我那个朋友一般,眼里都是事,脑子里都是对错,离幸福就会越来越远。

很多人说,经营一个家,就像经营一个企业。我无法苟同。一个家不应该是 KPI(关键绩效指标)第一,更不应该是效率第一。不是孩子必须考第一,老公必须按时下班,地板必须一尘不染。之所以我们需要一个家,是因为每个人都需要感受到安全、放松、接纳,被爱的人紧紧拥抱,和他们相拥而眠,一起度过生命中无数的清晨和夜晚。

考核一个家是不是具有好的能量场,只有唯一的一个标准:你爱回家吗?每当临近家门口,你是怎样的心情,喜悦还是恐惧?

一个家,需要理性,但不需要挑剔;

一个家，需要坦诚，但不需要怀疑；

一个家，需要谦卑，但不需要批判。

但很多时候，我们都很容易把挑剔等于理性，用怀疑来要求坦诚，用批判去逼迫对方谦卑。如果是这样，日复一日，所有人心中只会有同样的问题：人为什么要成家呢？什么时候可以逃离？

你的家人，不是你的下属，不是你的小兵，更不是你的面子、你的虚荣。他们是有血有肉活生生的人，一个灵魂，需要被看见、被听见、被陪伴、被拥抱，仅此而已。

你要相信，要求的力量，短暂起效，但一定是杀敌一千，自损八百，后遗症无穷。看看我们自己，被要求着长大，最后是什么结果呢？

爱的力量，却是无限叠加，是乘法，是倍数递增。因为爱，你发自内心地想要变得更好，更重要的是，你能让其他人相信，自己会变得更好。

越会偷懒，
越幸福

婚姻当中有哪些经营的小秘招？很多人都以为，这个问题的答案，就是如何学会用各种方法来搞定老公，让老公听从自己的改造。如果你这样去理解感情和婚姻，我可以断定，你这一生都会活得无比辛苦，身心俱疲。

老人们评判一段婚姻里女人有多幸福，很重要的一个标准就是：这个人嫁人后不用干活，多幸福啊，这就是有福气的人。当然，我从来不认为那种孩子扔给老人，家务扔给丈夫，自己整日在麻将桌上消耗光阴的女人，是有福气的。

但这个标准，不是没有道理的。

一个女人在婚姻当中的幸福程度，其实并不取决于她的先生是否像偶像剧里一样爱她，而是取决于，她在婚姻中到底有多少的自由度。我观察过身边的许多女性，她们内心愉悦的程度，往往和职业、收入无关，也和先生的优秀程度无关，而是和她们能有多少时间花在自己身上有关！

1

圈内有一个朋友小青，每次大家聚会约她，她90%都会回答：我没有时间。问她到底在忙什么，她每次都说：不行，我走不开，我一会儿不在家，家里就要乱套了。老公不会做家务，婆婆做饭不好吃，孩子非我带不可。然而，等她委屈时想找人诉苦，终于想和朋友们见面的时候，大家聊的她已经完全插不上话了。

她也很有挫败感，疑惑地问我：不少朋友的工作比我忙多了，为什么我却是最疲惫不堪的那个？我不客气地跟她说：其实，当年，你单身的时候，也没有什么空。

听到这句话，她沉默了。确实，多年前，大家都单身，没有孩子也没有老公，她却是那个本该最闲，但却是最没有空的人。约她一起听讲座，她说：路上太堵车。约她去读书会，她说：活动结束得太晚了。约她去团购一个课程，她说：我好像暂时用不上。她有大把的时间宅在家里煲剧、吃零食、做家务，但这种看似很会偷懒的生活，真的令她幸福吗？她看起来，也花了很多时间在自己身上,但为什么她的人生越来越累?

答案是,她的生活太低效了,每天都在为各种琐事花费时间,却从不学习如何提高效率,也从不学习如何能更好地生活。所以,当角色多了,事情多了,她就越来越无法应付,从"总是偷懒"变成了"真的完全没空"。

这种人,看起来也是勤勤恳恳,却并没有提高自己的生活质量,更没有提高家人的幸福感。因为总是很疲惫,她的负面情绪也很高,完全把自己变成了一个"自黑体",做得越多,错得越多。今天老公埋怨她做汤盐放多了,明天上司嫌弃她连个统计表都做不好,后天婆婆嫌弃她太娇惯孩子。

2

晴姐是很多朋友心中的"生活家"女神。当年大家都单身,都爱去她家蹭饭,每次去,都能尝到新菜式。但其实,她并不是家庭主妇,她是一个大公司的中层管理人员。几年后,小青还在一家公司当着小职员,晴姐却升任了高层,在这期间还有了第二个孩子。

以前,小青总是会说:晴姐运气真好,老公对她很好,孩子也懂事听话,就连公婆也对她非常尊重。那是因为,她根本没有意识到,晴姐是如何一步步朝优质生活发展的。当年她因为经常加班,颈椎不好,于是开始练瑜伽,坚持了几年,越来越有兴趣,竟然考了专业瑜伽教练。这样的好习惯，让她身材越来越窈窕，即使生过两个孩子也依然是少女身材。

在她有了第一笔积蓄的时候，她没有全部拿来买各种奢侈品，而是立即报进修课程，提升自己的职业技能。在她单身的时候，她就会买很好的生活用品，埃及棉的床单、进口的炊具、骨瓷的餐具。她粗糙的先生，当年睡了一次她的床，从此就赖着不走了。

我当时也不能理解为什么在这些事情上花费这么多钱，她就跟我说起一次对她影响至深的经历。有一次，她去欧洲旅行，有幸跟着朋友去当地的朋友家晚餐，她被那些美丽的水晶杯、餐布、瓷器所吸引。主人跟她说，这里面的很多餐具都是他的妈妈留给他的。

我们总以为，人和人的差距是因为，有的人更聪明。但晴姐认为，想要真正好的生活方式，只需要问自己两个问题：第一，这样做真的让我身心愉悦吗？第二，做出选择后是不是能足够长久地坚持？后来，我也时常用这两个问题来问自己，我发现，凡是思考过这两个问题后做出的决定，往往都带来非常好的结果，它会让你的生活一步步往你希望的方向前进。

后来我和晴姐聊起小青，说起她现在无比羡慕晴姐的生活。晴姐笑了："我有什么好羡慕的？我其实就是会偷懒而已。"

"你怎么是偷懒呢？"

"当然是啊，因为懒得花时间去一个个比较，所以干脆买贵一点的那个。因为要学习、要进修,所以家里很多事都理直气壮地丢给先生去做。因为没有那么多时间陪孩子,干脆带着她们和我一起做我喜欢的事。"

对啊。其实,这才是真的会偷懒呢!

很多人比如小青,以为宅在家看剧叫偷懒;
以为上班混时间,叫偷懒;
以为找个对自己要求不高的先生,叫偷懒。
结果,后来婚姻中流的泪,都是因为单身路上偷的懒。

很多人其实把生活本末倒置了。我最常被问到的一个问题就是:你是如何平衡这么多角色的——作家、母亲、妻子、女儿、创业者?其实,我和晴姐一样,无非就是学会了偷懒。我们不想把时间浪费在一些琐碎、低效的事情上,反而比普通人有了更多的时间,去做自己想做的事,去做那些价值更高的事情。

太多人渴望身边优秀女人那样的人生状态,却看不到,她们除了吃饭睡觉,几乎把时间都花在了学习和成长上。审美不好的时候,就找一个合适的牌子,让审美好的店员搭配好,成套买回来。无须浪费时间到处比价,买回来却发现衣柜里一件衣服都配不上。

有任何问题发生,马上去请教专业人士,即使是朋友,也送出精美的礼物以示感谢,因为听君一席话,胜读十年书。可是大部分本末倒置的女人却是，不肯花更多的时间和金钱，去提高自己的人生效率，反而大把的时间都浪费了。

——花几个小时，甚至更多的时间，比较一件物品，在A店和B店中，哪家便宜一点；

——认为花几十块请一个钟点工太贵，却从没有想过，这是因为她在心底里觉得，她的一个小时还不如钟点工赚得多；

——认为一万块的课程太贵了，却从不计算，学好之后，她的人生是否能有一个更大的跃升。

最后的结果呢？钱，看似是省下了一点，可牺牲掉的呢，是心情，是成长，是人生，是给予爱的能力。

仔细想一想，到底哪个更贵？

未来世界的钱、爱、性将会怎样

听说90后已经开始中年危机。"三十四岁老来得子""88年的中年女子""二十五岁步入中年"……这么说来,像我这样的年龄是不是快要步入老年了?

不可否认,打着自我、张扬、叛逆、多重人格以及性取向标签的"90后",终于要开始面对婚姻、房子、父母、上有老下有小这些沉重的话题了。但随着时代被新鲜血液所改变,新的一代关于爱的价值观也完全被改变了。

1. 赚钱比恋爱更重要

几年前我在杭州和一位"90后"姑娘吃饭,她开着吉普,已经坐拥好几家餐饮店，并且还在继续扩张当中。坐下来之后，她满脸愁容地说：有钱了，也找不到男朋友。还是工作事业更靠谱。

我听完比她更愁，跟她说：我在你这个年龄，都还不知道钱是什么东西，因为我爸妈一直跟我说，不指望你赚什么钱，平安就好。这句话坑了我多少年啊，结果时间都没用来好好努力赚钱，都花在失恋上了。每失恋一次，就要痛苦一两年。而你们呢，失恋一个月就可以投入下一段恋爱了。

不是爱情更廉价、更易碎了，而是"90后"有太多其他事情可以去做了，为着自己的兴趣和事业在忙碌、失恋当然都算不上大事啊！以前只有一条路走到黑，现在有很多路可以走，摆在你面前的人生选择更多了，也更自由了。

不再迷信一生爱一个人就是终生幸福。

接受了这个时代的自由，也就学会了接受这个时代的残酷。

百分之百投入到爱情里？不存在的。

女人也学会了像男人那样，把大把的时间精力放在了事业上，有更多的时间才会留给爱情。

2. 想要的东西都很贵，想去的地方都很远

有人说，新一代年轻人像是在玩爱情游戏，没有了过去的认

真。不能怪他们不再那么认真，毕竟现在下载一个 App，用后不喜欢，两秒钟就可以卸载掉；淘宝买一件衣服，不合适，七天之内无理由就可以退掉。

年老的一辈面对一个坏了的东西，首先想到的是，可不可以修，能不能补。然而年轻的一辈想到的却是，立即上网查询，有没有更新款的可选，然后毫不留情地扔掉旧的那个。

那些被父母逼着相亲的人，一顿饭下来，就已经决定了要不要再联系，还是直接拉黑。新的生活方式已经惯坏了年轻人，第一次体验不好，他们就不会再给那个产品第二次机会。比较起来，对于爱情，他们已经有耐心得多了。

所以，那些能提供更好体验的人，比如拥有高颜值、好身材、高情商的人，在感情里，开始拥有更多的选择权。而"老实、踏实、稳定"诸如此类被老一辈欣赏看重的品质，在年轻女孩眼里就是木讷、呆板、低情商。

这样的转变，好吗？

当然。

我们比过往的任何一代人都更努力地压榨自己，都更积极地改造自己。

因为我们知道，想要的东西都很贵，想去的地方都很远，想爱的人都超完美，需要付出更多的代价来拥有。

3. 未来的时代属于更爱自己的人

我们父母那一辈，一个女人一生最大的幸福，是儿孙满堂，成为像贾府老太太那样的人。但现在的女人，不再期望把自己的幸福和其他人牢牢捆绑在一起。

有一个女朋友，到了三十岁很享受自己的状态，发现她一点都不想要孩子，跟她二十岁时候的决定一样。她老公完全不能接受，觉得这世上所有的女人都应该有母爱，觉得她心理不正常。最终她的选择是，如果他求的人生是子孙满堂，那她只能放弃这段婚姻。

爱到底是什么？

爱自己，到底是什么？

对于习惯把爱的标准放在别人身上的人来说，他们觉得这个时代太自私了，太违背传统了。我常常在后台收到一些男性的留言，说我们这样的作家就是在带坏女人，影响家庭。

但我不这么认为。中国的婚姻对女人的束缚和压抑由来已久，在这个时代她们拥有了突破的机会。但它并不逼迫每一个人都要去做女强人，而是你可以去思考和选择：

我想做一个什么样的女人，选择一个什么样的男人？

最终的问题是：

你想拥有什么样的爱情，想拥有什么样的生活？

更重要的是，即使你爱错过人、嫁错过人，也不意味着这一生就报废了，你还可以重新选择。

以前的爱，是众星捧月式的，女人隐在身后。
现在的爱，是女人从星星、月亮变成了太阳。

爱自己。越爱自己的人，越是闪闪发光，越能有强大的吸引力，越能活出自己。

这也是我想要在这个时代做的一点点小事：鼓舞那些想要发光的女人，不要怀疑，不要否定，不管什么年龄，每一个人都能活得更"90后"，每一个人都能逆生长。

年龄不会成为阻碍你、困住你的真正理由。所谓的中年危机，是因为旧的模式行不通了；所谓的中年危机，是你放弃了去拥有更好的生活。以前或许你可以待在自己的洞里，假装自己过得很好，但现在越来越难以欺骗自己，继续懒惰下去了。

其实未来怎样，谁也不知道，就连马云都说，世界在未来的五年十年以内，其发展会远远超过我们大家的想象。未来一定会更艰难，但经济也会好到大家都不相信的程度。唯有做好自己，让自己勇于从舒适区里走出来，才能觉得世界依然与我有关。

爱情，不再是这个时代的人追求的全部幸福。
它变得更像是追求更好明天路上的附赠品。

人生的体验，正在变得越来越复杂。

既体验过爱，也体验过恨。

享受过荣华，也品尝过贫穷。

焦虑过，迷茫过，浪费过，最终学会了爱自己。

希望不管是"90后""80后""70后"，甚至"60后""50后"，当我们长出白发的时候，回首这一生，能够说出：

我不后悔好好努力活过。

爱是疲惫生活中的
英雄梦想

1

一位朋友遇到了各方面都很优秀的男友,家里人开心,可是她自己很快就有了很多烦恼:过了热恋期,生活就变成了下班,回家,做饭。两个人吃饭,他还要求三菜一汤。

我问她:那你希望生活是怎么样的呢?她说,当年,他追到她,正是因为,他在她的办公室陪她加班,还在旁边偷偷地写诗给她。他会记住他们每一个值得纪念的日子,并且给她惊喜……就是这些,让她看到了他内心里和其他男人不一样的地方。

听完这个,我明白了她的苦恼来自哪里。从暧昧期走到追求期,她的心里装的都是期待,期待被不一样的方法打动,那样的爱,让她觉得自己与众不同。

过了追求期,到了热恋期,你侬我侬,亲密无间,她告别了孤独,拥有了一直想得到的陪伴。她不再那么积极地参与各种聚会,她为了他推掉了闺蜜的很多次邀约,她开始更热衷于宅在家里研究菜谱,收拾整理家里的每一个角落。

日子于是开始千篇一律起来。当两个人之间不再只有约会时的光鲜亮丽之后,他们开始看到对方更多的疲惫、脆弱和低落。

他回来,她抱怨他在家里什么事都不做,就像太子爷;他不回来,她一个人待在家里,孤独难耐,委屈更多。她开始怀疑:到底这个选择,是不是对的?

男人不理解:

我的人是你的,我的钱是你的,你还想要什么?

我愿意爱你,我愿意为你负责,不就够了吗?干吗把事情越弄越复杂?

女人也不能理解:

我只是希望,在平常的生活之外,你能对我多一点用心,这也有错吗?

2

女人要的用心,不是电影里的那些盛大场面,不是想让男人去媲美某个男一号。她们要的，其实是不想如此快就陷落在琐碎的生活泥沼里。

她们怀念的，是那个精心装扮好，等待去约会的自己；是那个在餐桌上插好花，在房间里洒好香水，静心等待敲门声的自己；是那个恋爱时愿意花时间和心思，用心待自己的他！

可是，有了男友，结婚生子之后，还愿意精心打扮的女人太少了。她们的颜值巅峰，都是在单身的时期。

让你陷入琐碎生活泥沼的人，并不是其他人，是你自己。

爱情是败给了时间，还是败给了稳定？

都不是。爱情是败给了不再用心。

朋友提起她的姐姐，总是跟我说：你不知道，她当年是怎样一个风云人物，又时尚，还爱攀岩。姐夫苦追多年，才追到她。我说，现在可真的一点看不出来。她惋惜地说，上次我们一起去逛街，姐姐试了一件衣服很漂亮，姐夫也觉得好看，立马说埋单。可姐姐嫌贵，硬是不让买。

现在姐姐每天都在抱怨老公不能像她那样全副身心都给孩子，她希望他跟她一样，放弃爱好，每天在家陪孩子写作业。这就是很多婚姻"死掉"的原因：没有男人，也没有女人，只有孩子的爸爸和妈妈。

如果一个女人抱怨男人，不再像当年那样用心对待自己，那也是因为，她过早地放弃了自己。

那个会为一朵玫瑰而变得柔软的女人，死掉了。

那个会为一个约会而精心装扮的女人，死掉了。

大多数女人对家庭的牺牲，除了换来男人更多的愧疚感之外，并没有换来她们所期许的更多关心和更多用心。

因为，那个他爱过的人，不见了。

因为，那个让他欣赏和爱慕的人，也不见了。

两个人都开始更多地去谈责任、义务，谈孩子，谈老人，谈赚钱。除此之外，别无可谈了。

如果你想让对方在爱情里保持用心、拒绝懒惰，先要问问自己，当你和他结合之后，你是否像过去一样用心对待自己，甚至比过去更用心。

我把这些心得分享给她，她自己默默陷入了思考。她从来没有想过，她的未来要过什么样的生活，甚至从来没有认真规划过今天自己该怎么过。当她抱怨对方要求太多的时候，她却不了解：那是因为，在他眼里，他看不到，她还有其他更有价值的部分。

爱情从此就只剩下彼此要求，不再有用心了。

3

她说：我终于知道，比起下班回去后做好三菜一汤，他更需要得到的是：我像从前一样开心，而不是总在生气，总在要求，总在等待，总在失望。我越用心对待自己，他越想用心对待我。一个心智正常的男人，不会希望看到，他得到了她，然后他也毁了她。他的一切努力，是为了让她更美、更好。

后来呢？

过了半年，她说：我生日，他说他要加班，我回到家好气愤——还没结婚就忘了我的生日。结果，一打开门，桌子上一大束玫瑰。玫瑰里躺着小盒子，打开，是一枚璀璨的钻戒。

有人问我，这样保持用心，不是很累吗？当然，生活中谁都有疲惫不堪的时刻，谁都有穿睡衣、不着脂粉的时候。可那不应该是常态。

有一次先生问我，为什么我出去见个闺蜜都是光鲜靓丽的，和他出去却不修边幅。他只是不经意地说了这句话，但对我来说，却是一语惊醒梦中人。

我把最美的一面给了朋友、给了同事，但可能恰恰没有给他。从此，就算只是和他出去看个电影、吃个晚饭，我也不再马虎潦草了。换上裙子，化精致的妆，还要喷上他最喜欢的那款香水。

这样的行动不是做作,不是讨好,是发自内心的愉悦,感恩上天安排了这样的机缘,此刻,你们依然相爱。

只有你在爱情中活好自己,你才能让爱情超越物质,超越世俗,超越时光。

你自己不俗气,你的爱情才会不俗气。

关于这一切杜拉斯早已道出真谛:"爱之于我,不是肌肤之亲,不是一蔬一饭。它是一种不死的欲望,是疲惫生活中的英雄梦想。"

先看过世界，
再结婚

　　自从"清华博士在北京买不起学区房"的新闻出现以后，身边很多姑娘又开始考虑要不要毕业后直接回到小城市，父母趁机给她们洗脑——

　　"反正你留在大城市没有户口也买不起房，回去早点结婚才是正事。"

　　我并不认为，每个人都应该拼命留在大城市里，因为天赋、机会不同，能真正留下来的人并不多。但二十岁至三十岁期间，一定要让自己在大城市生活几年。现在的男人都说他们要先立业后成家，那女人就应该先看过世界再结婚。

1. 看过世界，才知道女人和女人之间是不一样的

我在二十几岁的时候，心目中理想的城市是上海，因为第一次去上海就喜欢上了它的夜景，觉得这个城市到处都是时髦精致的优雅女人，连老太太都穿得很讲究，和武汉简直是鲜明的对比。后来阴差阳错去了深圳，发现这个城市更加年轻，人走路特别快，而且到处都是不急着结婚的年轻人，以及结了婚也像单身的女人。

我第一次去一个女同事家里，因为她先生的原因，她和先生长期两地分居，但她把自己的生活安排得特别丰富。每周固定去一个女性沙龙聚会，分享美食、读书。每个月去香港购物一次，买最新的护肤品、香水。有很多套旗袍，找固定的裁缝量身定制。除了自己的生活和工作，还能把儿子教养得特别好，很多人在网上追着看她的育儿日记。

那是我之前从未见过的一种生活方式，尽管现在这样的女性越来越普遍，可是十几年前，作为一个二十岁的女孩，我内心是震惊的——原来女人结了婚，也不用被家庭和婚姻束缚住。

在我的家族和从小成长的环境里，我接受的价值观就是：干得好，不如嫁得好。女人们聚在一起，不是比谁家老公更厉害，就是比谁家孩子成绩更好。到了三十几岁还没结婚生娃的女人，就算赚得再多，表面光鲜，心里肯定很苦。但那都是因为她们根本没见过也不认识那些真正光鲜的女人，终其一生，除了旅游，根本不知道

小城以外的生活是怎样的。

因为认识了那样的女同事，以及结交了更多独立优秀的男性和女性，我在二十五岁的时候，开始意识到自己绝不想在婚姻上将就，并且做好了三十岁前结不了婚的准备。在这之后，我领略了很多人没有领略过的风采。

一个人看过世界，才谈得上有世界观，否则你会因为害怕"不合群"，而把周围人的价值观当成你的价值观。

2. 看过世界，才知道男人和男人之间是不一样的

几年前，我的一个同学突然跟我说她要搬去北京了。我问为什么，她说，因为她不喜欢深圳的男人，觉得北京的男人更合适她。

当时我特别惊讶地问她：你怎么知道自己更适合北京呢？她说，她在深圳相亲过好几次，每次对方都是在暧昧，没有几个是正经想结婚的，都在计算成本，想找一个性价比最高的老婆。但是她去了几次北京，觉得北方男人传统多了，见过几次，已经很正式地跟她求婚。

她还跟我讲了一个她的结论：我的身材，放在深圳一堆娇小玲珑的姑娘里，那叫"奘"。但到了北方，却感觉自己瞬间娇小了，女人味都不自觉地出来了。果然，搬去北京半年后，她整个人都变得更开朗、更自信，很快就找到了可以结婚的对象。

中国人往往有一些地域歧视，我常常看到有人评论说××地方的男人不能嫁、××地方的男人喜欢打老婆，这当然有一些偏见存在，但地域文化差异是切切实实存在的东西。

我很喜欢的一部爱情电影叫作《恋爱假期》。住在好莱坞的阿曼达和住在伦敦的爱丽丝，失恋后在网上相遇，她们决定交换彼此的房子，度过一个不一样的圣诞假期。结果，阿曼达遇上了爱丽丝的英伦范哥哥，而爱丽丝遇上了阿曼达幽默的配乐师同事，彼此在这个假期中，治愈了情伤，遇到了新的爱情。当你把自己的眼界放得更大，你真的会发现，人和人其实很不一样，不同的城市会有不同的主流生活方式，而你其实是可以有选择的。

一个人的幸福度，除了和自己内在的修行有关，其实也和身边的人、身边的环境，甚至和一个城市的气候有关。

世界很大，一把钥匙开一把锁，现在你遇不到合适的人，那真的很可能是因为你的视野太小，你的社交圈太小。圈子不同，何必强融？

人在年轻的时候，不仅应该先找到合适的工作，更重要的是找到合适的圈子，才不会把所有的寄托都放在某个人身上。

3. 别轻易为一个男人放弃你的世界

我的一个朋友曾经就为了一个城市，放弃了一个男人。

她说：虽然我们已经到了买钻戒订婚的程度，但每当我想到，我要离开这个城市、这里的朋友，到他的那个城市生活，就感觉生活很可能会变成一场灾难。后来，她在她喜欢的城市，遇到了另外一个男人，她说：我从不后悔当初的放弃，因为，这里才有我想要拥有的生活。

每一个你生活过的城市、你去过的城市，会赋予你不同的气质。在同一个城市生活过的有类似经历的人，特别容易和谐相处。

我身边有两对夫妻，两个人选择对方的理由一模一样，他们当初都在同一个城市留学过。而事实证明，他们确实有相似的人生观，生活的理念也十分相同。所以，一个人，拥有了自己稳定的人生观、世界观以后，特别容易辨别出什么样的人更适合结婚，也更清楚自己想要什么样的生活。这一点，对于女人是至关重要的。

当你没有稳定的世界观的时候，你是一张白纸，遇到什么样的男人，就会变成什么样的。你关于幸福的标准，都是他灌输的。你以为，他幸福，你就会幸福。

在你看过世界之后，你已经是一幅画，吸引来的，是懂得欣赏这幅画的人，而你也知道，谁才是真正看得懂这幅画的人。

第一种结局,是偶像剧里的结局,玛丽苏遇到霸道总裁,不是现实生活。

而第二种结局,才是真正属于普通女人的 happy ending。

3

优雅从容是一辈子的修行

多少人的感情，
输在了不懂仪式感

《奇葩说》有一期讨论的辩题是"婚礼真的有必要吗"。黄磊在节目中说了两句话，让无数人路转粉。

第一句是说：如果有一天那个男的说没有婚礼，我会跟我女儿说不要嫁给他。

第二句是说：我觉得婚礼没事就可以办一次。

黄磊和孙莉当年是没有办婚礼的，两个人就找了个餐厅，和亲朋好友吃了个饭。等到2015年，两个人相爱的20周年，重新补办了婚礼，订了婚戒，两个女儿也全程参与。因为这段经历，他更加深刻地觉得：仪式感对人生来说，真的太重要了。

我曾经写过一篇文章《为什么我们需要一场婚礼》，并非是要提倡所有人都大操大办婚礼，订最好的酒店，买最大的钻戒。只是亲身体验过才知道，婚礼不是办给别人看的，也不是办给父母看的，最大的意义是，让两个即将踏入婚姻的人当着众人的面确定关系、许下承诺。

有没有这个环节，对两个人内心来说，是截然不同的。我参加过的婚礼不多，场面也并不盛大奢华，但都有戳泪点的地方，原因就在于：中国人即使心里很爱，也不会表达，但在那样的场合，人会说出可能一辈子都不会再说的一句话。

一个严肃木讷的父亲会泪流满面地说：我把我最珍贵的宝贝交给你了。

一个理性话少的直男会单膝跪地说：感谢遇见，以后我一定会好好照顾你。

这就是仪式感在人生中存在的必要性。很多人以为仪式感是吃一顿烛光晚餐，在家里布满鲜花，买一个贵重的礼物。这些都不是我眼里的仪式感，只是一种形式。

真正的仪式感是，你知道为什么要吃这顿饭、要买这束花，并真心享受这个过程。

我去三亚旅行的时候，曾在下榻的五星级酒店里看到完全不同的两种家庭：

一对是妻子打扮得很精致，夫妻之间不时有眼神交流，谈话，讨论当天的行程，孩子则在旁边乖乖吃饭。看得出，一家人都很享受这样在一起的时光。

另一对是，妻子穿宽松的大T恤，一直不停地叮嘱孩子，必须要把青菜水果吃完，不能光吃肉，不停地去给孩子换盘子，拿吃的。而先生在旁边全程看向其他的地方，看手机，迫不及待吃完就先走了，丢下仍在唠唠叨叨的妻子和不高兴的孩子。

会有这样截然不同的结果，就在于两个女人对旅行有着完全不同的理解。

一个理解的旅行，是一种爱的仪式感，终于可以离开鸡毛蒜皮，以另一种方式去生活。但另一个的旅行，完全只是换了一个地方，却仍然是平时的模式。

我很喜欢我的一位朋友，朋友圈里经常有她旅行的美照，都是她先生给她拍的。但还有很多朋友，她们的朋友圈，尽管明明是全家一起去旅行，但发出来的全都是孩子。

仪式感是什么？

仪式感就是让人们可以告别琐碎、规则、约束，体会到平时体验不到的经历和感受。是让你离开熟悉的自己、熟悉的对方一会儿，让自己去看看，在对方身上有没有新的东西，那个你忽视许久、不曾欣赏到的东西；是让你摘掉平时的眼镜，让你因忙碌、焦虑而迟钝的感官，重新活跃起来，感知一下世界，是不是和你平时看到的不一样。为什么中国传统的婚礼，新娘要戴上红盖头，新郎进了洞房才能挑下来？这就是仪式感。

有人跟我说，尽管早就住在一起，可一夜未见，第二天见到盛装打扮的新娘时，真的有恍若初见的感觉。还有姑娘跟我说，第一次见到穿着西装、精心打扮过的他，还真觉得像个人样。这就是仪式感，尽管过程似乎显得造作，显得俗气，但没有这些，每天见到的是抠脚丫穿拖鞋的对方，哪里还有爱？

所以我特别欣赏西方文化当中对于仪式感的追求。在威尼斯的时候路遇一个教堂正在举办婚礼。我跟朋友站在旁边简直震惊，每一个男士都身着十分合体的正装，女士们各色性感的小礼服，简直是明星派对的既视感。而这不过是本地人的一个小型婚礼。

看过007电影的人都知道，最经典的那个环节，就是看邦女郎盛装出席的那一幕，男主在那一刻，全然忽略了下一秒可能就是生死存亡。这就是仪式感。

我常常跟我的"粉丝"说，对我来说，出门和先生一起去看个电影，也要打粉底、涂口红，要穿上最好的衣服。然后他偶尔会说一句：你今天真好看。那一刻，就是属于生活的仪式感。

看过一部剧，两个人在离婚的时候，律师问他们：还想得起当年相爱的时候吗？他们彼此呆望。不是不记得，而是太久不曾重温过那样的感受。一个习惯了对方的沉默，一个习惯了对方的抱怨，哪里还记得当初的样子？每一个懂得仪式感有多么重要的成年人，不是因为别的，而是因为你脑子里留下的那个美好瞬间，足以帮你抵御住很多的厌世时刻。

据说想吃到一颗最美味的蓝莓，要在吃之前，想象它如何经历阳光雨露风霜，最后用你的嗅觉、视觉、听觉、味觉去感受这颗蓝莓，这样吃到的蓝莓，是你平时断然吃不到的味道。

生活也是一样。有多少人，过了一定年纪之后，生活就像一颗蔫了的皱巴巴的蓝莓。没有仪式感，一个人、一棵树、一片云，每天见到，渐渐熟视无睹，行走在城市，不过是钢筋水泥森林，看似丰富，其实内心一片荒芜。

有了仪式感，一个人、一棵树、一片云，似乎天天都见到，但仍然能带给你新的触动、新的体验，你的生活里，总有盼望，总有新的目的地，你并不觉得被一成不变所困，你是丰富有趣的。

越忙碌，越多角色，活得越久，越觉得，人要超越的不是其他，而是惰性。

仪式感，就是让我们不要活得太懒惰。

有多少人自以为舒服，不过就是因为懒而已。那就不要怪别人对他懒得搭理、懒得用心、懒得珍惜了。

唤醒自己的身体，
拧动那把钥匙

我有一个读者，在她谈第一次恋爱的时候，有一个非常大的困惑——明明她感受到了，她是喜欢他的，他也是喜欢她的，可不知道为什么，每当在一起，男孩子要跟她有身体接触的时候，她却下意识地就想逃避。按照她的话说，身体忍不住就打一个激灵，脑子里也忍不住有一个念头：你想干吗？明明分开的时候很想念对方，想要马上见到他，可真的见到了，自己又冷冷的。

我问她：在你小的时候，你爸妈会经常亲亲你抱抱你吗？她说，她完全没有印象。她妈妈甚至跟她说过，在她没有生出来之前，她不喜欢任何一个小孩，有了她之后，才慢慢觉得孩子是可爱的。这大概是中国特别普遍的一个现象，看似"性冷淡"，但其实并不是真的冷淡，并不是真的不需要身体的亲密接触，甚至也不是不够喜欢对方，而是身体完全不习惯亲密的触碰。

我给这个症状取名叫作"亲密过敏"。

这样的女性人群，跟同性相处的时候，无任何问题，也没有不正常的状态，但只要其他人的身体过于靠近她们，甚至只是贴在旁边合照，她们的汗毛就会竖起来。别问我是怎么知道的，因为我也曾是"亲密过敏症"患者的一员。

而这个过敏引起的一系列症状还有：

身体和面容僵硬，难以舒展；睡着之后总是一种蜷缩的状态，双手紧紧抱住自己，一觉起来之后，即使睡足八九个小时了，大脑得到了休息，但身体感觉到的却是疲惫；不会自拍，一面对镜头就很紧张，五官都拧在一起；碰到热情的人，会下意识避开，甚至会觉得对方很假很虚伪。

于是，她们就会给自己下这样的定义：我就是这样的性格，我天生冷淡，和与男人有没有亲密接触没关系。

到底是不喜欢、不需要，还是不习惯呢？

一个婴儿脱离母体的子宫，来到毫无遮蔽的外部世界，他原本习惯了那个被温暖柔软包裹住的小世界，可当他伸出手脚，却空空如也。他不知道发生了什么，在哪里，怎么办。然后开始哭泣，开始索求一种确定感——我是安全的，我不是孤单的，我是被爱的。

这个时候，最好的安抚，是妈妈的怀抱，是紧紧的拥抱、熟悉的气味，是轻轻的拍打，是手掌在他的皮肤上温柔的抚摸。

这些都将成为他人生最重要的记忆，成为他对世界定义的一部分。如果他得到了足够的这些，他对世界的定义就是：原来，拥抱、爱抚就是这个世界表达爱的方式。他的身体、他的细胞会记住那个感觉，把它变为自己身体的记忆。如果没有，当他每一次哭泣，每一次张开手臂索求，得到的都是拒绝，他就会习惯疏离感、冷淡感，习惯和所有人保持距离。他身体也会记住这个感觉，然后以为世界就是这样的。

她们依然拥有爱的能量，依然会在看爱情小说时怦然心动，但当那个人真正出现在她们身边时，她们却无法自然地投入到对方的怀抱里，变成一个软软的女孩，享受那个亲密的能量场。

人的身体，就是头脑之外的另一个运行系统。头脑可以被理性操控。但是很抱歉，身体不能，它们要的不是说教，不是道理，不是钱，不是房和车，它们要的只有一样东西——亲密能量的滋养。

这世上其实并不存在什么女汉子，只有习惯被爱和不习惯被爱的女人。只有常常被拥抱、被亲吻着长大的女人，和对这些感觉统统陌生的女人。

仅此而已。

很多人看电视剧《欢乐颂》，认为安迪这样的人物，一定是假的吧，怎么会有这样的人。但事实上，举目皆是。只是很多人并不知道：原来这是一个问题。

这样的姑娘，长大后，如果没有遇到一个人来打开她们的身体，或者没有自己发现这个根由，就会很容易把一切问题归结为：我没有遇到对的人，我和爱情无缘。

然而，也可能会遇到一个传说中的渣男，明明不爱她们，却能在身体上给予她们满足。她们就会沉浸其中，不可自拔，毫无逃离出来的能力。

这些我都能理解，这并不是你们的错——不是你们傻，不是你们冷淡，不是你们不够美丽、性感。

很多人不理解，到底什么叫作"缺乏安全感"，这就是。

所以，在睡着后，才忍不住紧紧抱住自己。

所以，即使靠努力和奋斗得到了很多物质，却依然感觉身体里有一个黑洞无法填满。

所以，不管如何锻炼，保持健康的生活习惯，却依然有一副软不下来的身体。

今天的我从这样的坑里爬出来之后，是真的幸运遇到了一个无比热爱拥抱的先生，每天他下班后都会说：赶紧快来抱一下啊。

而现在，我常常抓住机会就抱住儿子。我跟他说：你就是妈妈的充电桩啊，妈妈没电了。抱住的那一刻，真的有能量冲进身体的感觉。而他总是一脸天真地问我：妈妈，你充好电了吗？

伴侣之间，往往不是说得不够，而是抱得不够，却试图靠争吵和冷暴力来解决问题。

所谓最熟悉的陌生人，就是如此。在一个直径不到半米的空间里，却感觉身体是陌生的，甚至是排斥的。那些结婚多年，却已经有五年不曾有过亲密接触的夫妻，不是个案。

我希望每一个看到这篇文章的人，可以闭上眼睛，想象自己穿越到小的时候，你是那样天真可爱软软的一团肉，你抱住妈妈，跟她说：我们来抱抱。

"他们不是不爱你，只是他们也没有被好好抱过。"

"你要去找到一个愿意好好抱你的人。"

别轻易放弃自己。虽然爱会伤人，但它依然是人间最美妙的体验之一。

值得一试。

看一个人，
要看他内心的温度

有的人，外在热情，见面自来熟，内心却未必暖。那不过是他们为了实现某个目标，刻意使用的手段。

有的人，刚开始认识很高冷、寡言，认识久了，却发现内心温暖，忠肝义胆。

比如，《欢乐颂》里的安迪，刚出场的时候，门口安装着24小时待机的监控摄像头，冷冷地说隔壁噪声太大扰乱她休息要报警，但这样一个超级理性高冷的职场精英，内心其实特别温暖。她只是因为从小没有在温暖的家庭里生活过，没有感受过亲人的关照。但即便如此，她内心的温度，让她依然选择了上进、积极的生活，只要遇到愿意温暖她的人，她的内心就会被点亮、融化。她只是理智，并不是冷漠。

所以，一个人刚见面时的热情与否，并不代表这个人内心真实的温度和状态。

现实中，为什么有的人婚后状况不断，抱怨对方变了，后悔自己选错了人；但也有夫妻婚后相处默契，甚至比婚前更和谐，羡煞旁人？

不是人心易变，而是看你有没有看人的眼光。

人的行为会改变，但内心的温度通常不会改变。

看一个人，要看这个人内心的温度。

什么决定一个人在婚姻中的温度？

一个人对待感情和人生的态度，会决定他内心真正的温度。

列夫·托尔斯泰说过："同是一件婚事，一些人视之为儿戏，而另一些人，则视之为世界上最庄重的事情。"

很多女人抱怨男人在婚姻中没有温度，不温暖不体贴，那是因为他们只把结婚当成人生中的一个目标，所以，女人一定要搞清楚：他为什么选择和你结婚？这个问题的答案，决定了这个人在婚姻中的温度，更决定了感情的质量。

《人民的名义》里，祁同伟虽然当场跟梁璐下跪求婚，但他内心的态度是：我要通过这段婚姻，把我失去的夺回来。

后来，即便梁家的背景帮他在仕途上一帆风顺，他对梁璐也从来都是冷嘲热讽，毫无感恩之心。不仅对妻子如此，对阻挡他的人,他也是从不手软。

祁同伟这样的人虽然是极端的例子,但其实现实中也有很多人,为了"少奋斗十年"而选择对自己事业有利的婚姻,这样的婚姻换来的并不是他们的感激,而是无限度的索取。同样仕途得意的侯亮平,却能在家为妻子下厨房,毫无一点"官架子"。侯亮平也不会像祁同伟那样对高官溜须拍马,对下属疾言厉色。

因为他们内心的温度完全不同。一个早就冷漠如冰山,一个仍旧保持着自己年少时的初心。

原生家庭的温度,决定一个人内心的温度。

我的一个读者跟我说,她很痛苦,她的每一段感情都无法长久。她以为是自己遇人不淑,却不知道问题出在她内心的温度上。她的妈妈特别习惯冷暴力,同处一室,却可以一个星期不和老公说话。而她在感情中,也常常用冷暴力来处理分歧和问题。每次分手后,内心都会变得更冷,宁愿把热情都寄托在工作上。

一个在父母恩爱、相互扶持照顾的氛围中长大的孩子,不管他的事业处于逆境还是顺境,不管妻子是否发胖变老,他都不会以这些为理由,改变自己对妻子的态度。因为在他的内心,他认定,拥有一个温暖的家庭,是人生中非常重要的事。

这样的人会更在意对方的感受,而不是只顾自己的感受。他们不会太烫,也不会太冷,不会若即若离,不会阴晴不定,他们可以给自己安全感,也可以给别人安全感。

而一个在冷暴力、争吵、疏离中长大的孩子,他会认为:"婚姻并不需要那么亲密,我只要负责任,不犯错,就没什么问题。"这样的人,会逃避沟通,用冷暴力隔离对方,即使对方心里有一团火,恐怕也很难融化他们。

人和人之间,只有温度合适,才能长久相处。好的感情,是温开水一般的温度,既高于体温,可以让人感受到温暖;又没有紧迫感,也没有压力。这样的状态舒服自然,最能滋养彼此。

婚姻失败，
早就不等于人生失败

我的朋友都知道，我是亦舒十年的老粉。所以，对于《我的前半生》，还是忍不住想写点什么。

相信所有看过亦舒原著的人，都无法接受之前电视剧里的人设，子君从一个持家有道品味绝佳的港式太太，变成一个审美辣眼睛傲慢无礼的上海"作女"。在小说里，唐晶虽然是职场白骨精，但绝不是电视剧里这种"保姆式"的闺蜜，而是有分寸，说话点到为止，绝不会帮闺蜜去查疑似小三的背景来历。

原著里，唐晶后来不声不响地远嫁异国，子君找到了一个喜怒不形于色的翟君。但电视剧里，两个死党闺蜜要同争一夫，还要在一个行业里钩心斗角。

但我并不想吐槽狗血剧情，因为，真实的世界里，确实存在着这样的事，而且每天都在上演。

比如，罗子君的妈妈，一生最大的骄傲，就是女儿嫁了个好老公。没事就到女儿家转转，看看有什么名牌可以拿回去自己穿穿。口头禅就是：女人再能干有什么用，干得好不如嫁得好。就算女婿出轨了，也会劝女儿，只要他愿意拿钱回来，愿意道歉，就赶紧原谅吧。发现无可挽回，无路可走，也只会跟泼妇一样跑去小三那里大闹一场，然后等着女儿再找到下一个"长期饭票"。

再比如，罗子君的妹妹，当年成绩好又乖巧，为了爱情嫁给一个无所事事的老公，自己在超市当售货员，可还要自我欺骗：起码我老公不出轨，起码我老公不用天天加班，起码我们夫妻恩爱。正如现实中很多人看到女明星老公出轨，都会自我安慰说：看来女明星的人生也不过如此。

罗子君的妹妹，生活都靠姐姐接济，时常开口借好几万，但两口子在听到姐姐要被离婚的消息，没有一句安慰，反而都是奚落——让你平时趾高气扬，你也有今天。现实生活中，不知道有多少人，不能啃老，就啃哥哥、姐姐、妹妹，而且一样地理直气壮，毫不感恩。

而罗子君和陈俊生的婚姻，就更为典型。十年婚姻，男人的时间都给了工作，只为赚钱。女人熬了几年以后，终于过上了逛逛街、做做美容的太太生活，完全放弃自我，有点空闲全盯着老公身边的年轻女人。在她眼里，那些二十出头的漂亮姑娘都是一门心思做人小三，毁人家庭。

这不是亦舒作品的设定，但这是真实世界里普遍存在的真实人物。

不管独立女性们如何"辣眼睛""原地爆炸"，都改变不了七大姑八大姨准时收看这部剧的热情。她们不关心亦舒是谁，更不会觉得金色紫色的鞋子不够有品，她们只想看到小三被扇巴掌，原配在霸道总裁的帮助下一路逆袭。

虽然女主顶着光环，一路开挂，但最起码，社会的确是进步了，主流电视剧也开始认同：离婚不是毁灭，婚姻不是女人的全部。离婚后的女人，还是有机会开启事业第二春。

这也是社会现实。奔三的姑娘们，可能还没把自己嫁出去，却已经发现，刚收过结婚红包不久的同学、同事们，已经纷纷汇入了离婚潮。

所以，当这个人群基数越来越大的时候，女人们就必须要面对一个人生的新命题——婚姻，不等于相濡以沫、白头偕老。

这个问题，不必等到你婚姻濒临崩溃的时候才去考虑，而是在进入婚姻之前，就要放到你的脑子里去思考。

现实世界里，很多被"干得好不如嫁得好"洗脑的女人，很多二十岁就草率结婚的女人，很多因老公出轨而离婚的女人，处境远比电视剧里更糟糕、更令人悲愤。原因当然有一部分是因为选的人不够好，但自己也要负一部分责任，那就是把婚姻当成了自己的终生事业，而且完全承担不起失业的风险。

我相信，每个人身边都会存在那么一些让你"哀其不幸，怒其不争"的女人，有可能是你的阿姨、婶婶，有可能是你的同学，有可能是你的同事，更有可能是你的亲妈。她们婚姻不幸，满身负能量，身体也不健康，却从来不试图去做一点改变和努力，只是躺在那里，让每个人都知道她们如此地不幸，但除了可怜、同情之外，没有什么可以帮到她们。

家族中有这样的人，或许是一种幸运。她们以自己可悲的命运，做了示范，让你更早地觉醒：婚姻不是女人的归宿，它只是女人一生中最重要的选择，并且是选择之一。我的家族中，并没有离婚的案例，但放眼望去，没有一个人是我希望活出来的模样。

所以，当我在二十几岁看到亦舒这本小说的时候，我看到的不是"婚姻太可怕了，世上男人都不值得托付"，而是意识到，原来即便嫁给一个这样的男人，一个可以供养你出入名店、生活无忧的男人，日子过得也不过如此。

原来，女人，终其一生，都应该经营好自己。

原来，婚姻并不比工作容易简单，甚至更为复杂。

我看到的是，原来，爱情是允许试错的，婚姻也是允许试错的。错了没有什么大不了。更可怕的是，拼死躺在那里，明知道错，却也要把这个错误继续下去。

女人不要等着被命运逼到墙角的那一天，才知道要努力。

那些从二十几岁开始，就知道人应该靠自己，从不幻想靠爱情改变命运的姑娘；那些失恋时也能保持体面，不管前一晚如何以泪洗面，第二天清早洗把脸依然按时上班的女人；那些一边照顾孩子，一边为了升职加薪而努力不懈的职场妈妈；那些既能理财持家，而且育儿有道，还能维持体态姿态，赢得全家人尊重的全职太太——她们比大部分人都更早地发现：活得体面，活得有安全感，都不是讨好别人得来的，跪求无用，不如自力更生，想要什么，就自己努力去拿。

这一点，你在任何年龄领悟到，都不晚。

即使觉悟得晚，这个时代依然给了女人机会，只要人还在，只要真的愿意改变，依然还有重新开始的可能性。你看，日本如此传统的国家，却也流行银发离婚，因为即便到了六十岁，对于保养得当又长寿的日本人来说，人生还有二十年，他们依然希望可以过一个更有质量的余生。

小说的最后，亦舒写道：

每个人都应该结两次婚。一次在很年轻的时候，另一次在中年。少年时不结一次，中年那次就不会学乖，天下没有不努力而美满的婚姻，所以要争取经验。

所以，别害怕。婚姻失败，早就不等于人生失败。

因为，只有足够痛，才会让你痛到努力逃离命运，努力创造后半生。愿所有女人，不畏将来，不念过去。

如何成为
一个内心强大的人

在之前的武汉高校读书会上,很多读者问了一个类似的问题:为什么我们把自己弄得很忙碌,可是越忙碌却越迷茫?我好奇地问:那你们都在忙什么呢?他们说,忙社团,为以后做准备。

他们原本以为,忙碌的社团活动可以锻炼社交力,锤炼各种能力。时间匆匆而过,读的专业不喜欢,恋爱都没空谈,结果还是不知道,未来到底有什么自信可以走出学校。

我想起自己二十岁的时候,也是一样的迷茫。迷茫的原因是,内心真的没有底气,不知道自己到底够不够优秀。那底气到底从何而来呢?

1.你有多少可以选择的方向？

很多人向往成为学霸，但其实学霸和学霸也是不同的。有的学霸是纯粹考试型，他们并不一定发自内心地喜欢学习，只是被逼花了更多的时间学会应对考试；另一种学霸，是真的有无穷的好奇心，你惊讶于他们怎么懂得那么多，而且每一年都变得更牛，渐渐你已经望尘莫及。

我认识一个学霸，我们俩一起去国外旅行。几天后，同住的旅行团的人已经对她无比崇拜，因为她英语好，所有问题都来找她帮忙解决。行程结束的时候，她已经收到了一堆礼物。

我以为她天生学习外语的能力就强，她说，当年她连六级都考不过，三十岁有孩子之后决定去英国读书，这个决定太迟，但却改变了她的后半生。

她给我举了个例子：我们会遇见各种墙。我们推墙十下，墙也不会倒；我们推墙百下，墙也不会倒；我们推墙千下万下，墙还是不会倒。墙就是不会倒，但我们会变成肌肉强健、有力量的人。墙不倒，不该成为我们自愿当弱者的借口。

这种学霸，才是学霸中的战斗机。他们并没有什么直接的动机要去学，只是为了满足自己的好奇心，去挑战自己的弱项。

她带上初中的儿子去美国旅行，回来后，他说：妈妈，我太佩服你了，我决定要去美国上高中。一年后，她的孩子顺利地出国读书，适应得很好，而另一个同去的同学根本无法适应国外的生活。

我想，很大一部分原因是，因为有这样的妈妈，他面对困难，第一反应不是逃避，而是迎难而上。

一般人遇到很多不懂的，只会想：这个可能学起来太难了吧，而且对我现在的工作生活似乎也没有太大意义，算了。

蔡康永说过一句话："十五岁觉得游泳难，放弃游泳，到十八岁遇到一个你喜欢的人约你去游泳，你只好说'我不会耶'。十八岁觉得英文难，放弃英文，二十八岁出现一个很棒但要会英文的工作，你只好说'我不会耶'。"

人生前期越嫌麻烦，越懒得学，后来就越可能错过让你动心的人和事，错过新风景。

这就是人和人思维上的巨大差异。结果就是，一个可以选择的路越来越少，而另一个选择的自由空间越来越大。

这就像一棵大树，向上伸出的枝丫越多，能庇护的地方就越大；向下伸展的根茎越多，能吸收的养分就越多。你既没有枝丫，也没有根茎，最后自然觉得自己是风一吹就倒的小草。

2. 你的选择，应该与内心同在

除了逃避之外，很多人还总是喜欢假设：如果我选择了这个人,他可能会更爱我吧;如果我选择了这个专业,我可能会更喜欢,学得更好吧。可惜人生没有如果。

同学宁宁大学四年都在不停抱怨专业不好。原本她喜欢艺术,可她妈妈却觉得,只有成绩不好的孩子才会去当艺考生。大学毕业后,她用了六年的时间,换了七八份工作,都不满意。直到第七年,她才决定,这一次不管薪资多少,只选择自己想做的行业。很快,她进了一家设计公司,从最基础的策划做起,两年就成了部门的负责人。

我问她:后悔蹉跎的那六年吗?曾经,她的确无比后悔。但后来她假设如果一毕业就得到这个职位,发现自己恐怕也会不停地抱怨。如果没有那六年,她不会那么努力,那么珍惜可能是最后一次实现自己梦想的机会。

我们常常以为自己是为了父母而做出某些选择,却忘记了做出选择的人是自己,放弃内心的人也是自己。没有人可以为那个最后的结果负责。

你放弃的原因,无非是:你也不敢为自己真正负责,你也不相信自己可以做得很好。可这恰恰忽视了最重要的一点:如果你的选择不与自我同在,你就走上了一条不断内耗的不归路,花那么多的时间责怪自己、责怪他人,如果用同样的时间做自己喜欢的事,肯定比现在做得更好。

所谓的缺乏底气,只是你不敢过自己喜欢的生活,你不敢为自己的喜欢负责。

3. 任何选择,都会有坏事发生

人生的确没有如果。即使有这个如果,问题和困难也不过是换一种方式存在。宁宁选择她喜欢的行业之后,她的困难不仅没有变少,反而增多了。她对这个行业一窍不通,连她自己都讶异,老板竟然会聘用她。但老板跟她说:不懂可以学,我在你的眼睛里,看到一种不同的光芒,透露着坚定——正是这一点打动了我。

坏事总是不断发生,甚至当你越来越优秀,烦恼和压力只会变得越来越多。而人生多数时候,都是痛并快乐着。困难永远有,但学识涵养可以帮你更加冷静智慧地处理难题,而坚定能让你撑到大多数人都倒下去的时候。

前几天我问一位很优秀的VC(风险投资人员):这么忙,那你准备过几年停下来歇歇吗?

她说:没有办法停下来,因为行业变化得太快,必须不停跟上脚步,才能判断未来。可这种成就感和价值感,也是其他行业无法比拟的。

马云说过一句话:"今天很残酷,明天更残酷,后天很美好。

但绝大多数人都会死在明天晚上,只有真正的英雄才能见到后天的太阳。"很多人以为内心强大的人,都有着与众不同的自信和能量,从不害怕明天和未来。但其实不是,每个人都会有害怕。是什么让他们的内心更强大?是他们在不断地学习新的知识、看过更多的风景之后,不再那么恐惧困难、变化、选择。

我也不知道明天到底会怎样,但我知道,如果明天不是那么美,至少我有能力熬过去。如果别人都放弃了,那么,我就是赢家。这就是底气,也是内心强大的人真正的心态。

靠谱，
到底有多重要

曾认识一个美丽的外教，临走前，我对她说：改天再约。她笑了：改天是哪天？你们中国人说改天，往往就没有下文了。我们说改天，真的会说好到底是哪一天呢。

在人生的很多时刻，我都会想起她的这句话。中国有很多人，都有社交恐惧症，把自己没有知心朋友归结为"性格内向"，但真的是因为这样吗？

在这个要处理越来越多信息的时代，每天一睁眼，手机上就跳出几百条微信。貌似我们的朋友交际，比父母那辈人要丰富得多，可是真正信守承诺的人，还有多少？真正不习惯性敷衍的人，还有多少？

很多人留言问我：我这么内向，我这么不善言辞，怎么才能交到朋友？我自己其实也是很内向的人，对于表达自我有先天障碍，不擅长自我营销，更不擅长让人一眼就喜欢上我。我交朋友，真的就是用很笨的方法。

什么是很笨的方法？就是言必信，行必果。

多年前，我有一个女同事，夏天，她几乎每天都穿旗袍。很多同事都好奇，问她这么好看的衣服，是在哪买的。她说认识一个上海老裁缝，每个月都要去那里定做。于是，很多人都约她一起去。

结果，到了那一天，只有我一个人去了。她带着我选布料，量身定做了两身旗袍。这个决定其实是很难的，花掉了我三分之一的工资。而且在这之前，我几乎只穿牛仔裤，完全不能确定自己是不是适合穿旗袍。而那两件旗袍，让我从此完全改变自己的审美，我觉得自己真的赚到了。

这么多年过去了，这两件旗袍已不合身，但每次看到它们，一股爱自己的能量就会在心里涌动。很多人常常心头一热答应对方，但一到真正去做的时候，他们就退缩，找各种理由让自己放弃，让自己失信于他人；真的约好了，也会在出门前，找各种理由——天气不好，地点太远了，昨天没睡好，衣柜里没有合适的衣服。

想要偷懒，想要躲起来，你可以找出一万条理由。

过后，也没有人来惩罚你、指责你，你也永远不会知道，自己到底失去了什么机会。

看起来这种失信的成本极低,并没有对自己造成太大的损害。但其实,这种习惯性失信对人生造成的损失,真的是不可估量。

人有时候,就是通过遵守承诺,来逼自己去突破,去打破自己的舒适区。

我第一次去登雪山,是缘于几个朋友约好了一起,于是拼命鼓动我,借着那点欢乐的气氛,我毫不犹豫就答应了。回家后,越想越忐忑。这种纠结恐慌的心情,一直延续到了出发前,只是实在不好意思跟大家说不去。机票也订了,酒店也订了,热心的朋友甚至连装备都帮我准备好了。咬咬牙,就去了。

后来,没有足够体力和技术的我,当然没有登顶,可是我依然走到了海拔5000多米的雪线。那段经历,我会永远记得。

人生只要有一次突破和跨越,你就会借助那一次的勇气,在下一次胆怯的时候说服自己:难道这件事比在缺氧条件下登山还难吗?那个你都去做了,这个你还怕什么?

我相信,上天确实对某些人是心存偏爱的,守信的人比起失信的人,更能得到偏爱。

有一次下雪,朋友们早约好了这一天喝茶。想到这么冷,约的地方也很远,纠结是不是不去算了。咬咬牙,人要守诺,于是就去了。结果，在那天认识了一个朋友。因为这个朋友，和另一个朋友结缘，后来那个人成了我的闺蜜。

很多人羡慕我和闺蜜之间的情谊。我想说，这都是我们彼此一次次拿守信换来的情比金坚。答应的就要去做，承诺的就去遵守，实在做不到的，也坦然告知，而不是躲躲藏藏，假装不存在失信，甚至为了逃避干脆消失。

而另一个不太熟的朋友，央求我介绍一些优秀的人给她认识，我费了很多心思去想，有哪些朋友和资源合适介绍给她。我介绍了之后，过了一段时间，问朋友：××有找你吗？朋友的答复却是：那个人啊，加了我之后，就没动静了啊。

我又去问那个不太熟的朋友：你怎么没有联系我给你介绍的朋友啊？她却毫不在意地回答说：我忘记了。

从此之后，我想，我不会在这个人身上浪费时间。在这样一个人和事都易变的年代，太多人都习惯了敷衍，认真就成了美德。

为什么要坚持做这样一个看起来很傻的人？因为你是这样认真的人，就会试炼出那些一认真就退缩的人，也会试炼出谁才是那个值得你托付真心的人。

因为你是这样傻傻认真的人，所以，你就成了那个不可替代的人，你才是那个可以被托付更多用心和诚意的人，而你也遇到了那些像你一样认真的人。

谁说只有聪明活络的人才能拥有社交？笨人，一样有笨方法。

别再说谁谁谁情商高了，你连最简单的事都做不到。

是的，这样活着不轻松，很累。可是，人不就是这样把自己逼出来的吗？

如果一个人时时都向自己认输、和自己妥协，对方也会知道：我对你来说，并不重要。

我答应你的事，我会努力做到。你答应我的事，也请你努力做到。虽然开头会辛苦，慢慢却会活得越来越轻松，因为身边都是很靠谱的人。

如果这是人和人之间的潜规则，我相信没有什么关系，会比这种关系更健康，更长久。因此，我才得以相信，我和我的朋友、我和我的先生之间，是一诺千金的。

这才是为什么，活在这个世上，我拥有很强的安全感。

求爱情，
不如求自己

我是在大多数人眼里还算好看的人，但跟我先生认识的时候，他从来没有说过我好看。结婚之前，我问他到底看中我什么，他很认真地回答说：勤劳、善良。虽然有打趣的成分，但确实和颜值没有什么关系。他喜欢纤瘦长发的美人，最好还会撒娇，这几条，我一条都没有。办婚礼的时候，我的朋友都夸他帅，我也完全没看出来哪里帅，因为我看中的是他的聪明、踏实、上进。

就这样踏入了婚姻。

结婚第二年，他的薪水刚刚够得上房贷和生活支出，我就提出想辞职休息，他彼时其实心里忐忑，顿感压力巨大，但以为只是暂时的休息，依然还是答应了。

结果我一休息就是一年。这一年时间里，我每天看书看电影写作,隔一个月就把家里重新收拾布置一下,顺带还把他推荐的各种经济学入门书籍看完了。但在他眼里,大概也就是像看待一个全职太太那样看待我。

第二年,我出了人生第一本书。

他才知道,原来我整天开着电脑写点东西不是在玩票。

等到第三年《不畏将来 不念过去》登上各种畅销书排行榜的时候,整天炫耀高考作文满分的他,可能才真正用看待一个"人"的眼光,而非看待老婆的眼光,来重新审视我。闺蜜笑,难道他不知道你好歹也是有几万粉丝的人吗?我跟她说,我从来没有跟他提过这些,也真的没觉得这是什么可以炫耀的事情。

那个时候,家里没有书房,餐桌就是我的书桌。时常在他睡着以后,我因为睡不着,爬起来写文,直到天蒙蒙亮,才困得睡去。过了一会儿闹钟响起,他爬起来,过来给我一个早安吻,然后嘴里嘟囔着:不用早起上班的人真幸福啊,可以睡到自然醒。我假装睡着,也不跟他解释或者辩驳。等他关门出去,我起床开始过属于我自己的一天的日子。

后来我看了电影《史密斯夫妇》,倒觉得颇能体会那种心路历程。同处一室,各怀心思。不同的是,我们没有任务冲突,只是选择了不同的人生路径,但都愿意成全彼此的选择。

他成全我的自在,我成全他的奋斗。

又过了三年，糖豆三岁了，我跟他说起，家里实在不太合适写作。他没有说话，过了几天却突然跟我说：走，带你去看房，你去选一个你的工作室。

在西溪不远的地方，我看中了那套带院子的小别墅，院子里有一棵桂花树。那时正是春末，我心想，到了今年秋天，应该很合适在这里喝茶会友。但理智又告诉我，我怕是养不起这个工作室吧。他却笑了笑说：这样你才会努力工作，不能偷懒啊。

在杭州最热的季节里，他帮我装修好了整个工作室，依然没有甜言蜜语，只是很财迷地说：这算是我的投资，以后稿费可是要给我分红的哦！

我们俩，一个文艺女青年，一个经济学硕士，思维方式天差地别，也曾因此有过痛苦的磨合期。我嫌他一切都要计算投入产出，他嫌我飘在空中情绪琢磨不透，最终却达成了三观上完全的和谐。

因为，我们都明白了，每个人或许都有自己的一套解释世界的方法，但那些并不重要。重要的是，在这套方法论的背后，是否愿意站在对方的角度去思考什么才是他/她需要的爱。在这个问题上，我们得到了一致的答案，那就是自由、认可、尊重。

当这个答案浮现的时候，另一个惊人的改变是，我们都觉得对方越来越好看了。

很多人问我，经营婚姻的秘诀是什么？很抱歉，我既没有应对婆媳关系的妙招，更没有拴住老公心的十八般武艺。我只是自始至终，在婚姻里坚持做自己想做的事，而且选择了一个愿意给予我这样自由度的人做伴侣。我的闺蜜们都说：没想到，你们之间可以这样好。我说，我也没有想到，但可能因为我们很少内耗，所以反而有更多的时间去做那些有价值的事，去学习，去提升，去超越。

这世间的婚姻，各式各样，每个人选择时，都各有所求。有人求名，有人求利，有人求爱。但当年二十七岁的我，这三样，一样都不求。很多人看不懂我到底为什么。论条件，他不是最好；论爱情，他并不宠我讨好我。我当年其实也无法跟她们解释。该怎么解释呢，我求的东西，是我自己。这样的解释，完全不符合当年大多数女人对婚姻的期望。

但过了这些年后，我的闺蜜们，甚至我的读者们，当下何尝不是和我走到了同样的轨道中。

殊途同归。

当你在心中问自己：我是变得更好了，还是变得更坏了？

当答案浮现心头时，你才知道，自己真正错在了哪里。

浪漫可遇不可求。如同钱锺书和杨绛一般，人品加才华成就了无法逾越的爱情典范。既守住了爱情，也守住了才华，更守住了初心。每每看《我们仨》，看到泪眼蒙眬时，心里就会想，世间再无这样的才子佳人。当下的尘世，时代更新的脚步以"日"为计算单位，而非以"年"为单位。人人都以为爱情易碎,其实并非爱情变了,而是你心里求得太多了。

爱情也好,婚姻也罢,它无法成为人生的一揽子解决方案。它不过是你人生无数决定中的一个决定,是你很多重要的决定之一,映照的不过都是你当下的所求。年轻时,我们都以为,世间最好的结局,莫过于求仁得仁。只是到了后来,求到了才知道,原来,所求并非所需。

东坡当年问佛印:菩萨也要手持念珠诵自己的法号吗?佛印答:是的,因为,求人不如求己啊。求爱情不如求自己,这才是真正的求仁得仁啊。

是的，
你就是这么贵

很多年前，我的女朋友跟我说，在男人心里，衡量多喜欢一个女人，非常简单，只要看他愿意带她去什么酒店开房。有的女人只值得去快捷酒店啪啪啪，而有的女人可以带回家，第二天一早他还有心情做好早餐等她起床。

在快餐爱情的时代，很多姑娘还相信着电视剧里的故事，高富帅愿意和她滚床单，就已经是走上人生巅峰的开始。殊不知，她在那刻，可能只是别人眼里的应急用品。我还是会坚持，不管时代怎么变化，如果不准备把自己当成爱情市场上的交易商品，那么，女人都应该维持住自己的矜贵。

矜贵并不等于作，是"既不天真，也不世故"，你不是满大街撞衫的爆款，你也不是看不懂的性冷淡风，你是独立设计师的限量版，是不可复制的美好，是值得男人用不一样的方式去对待的女人。这是一种真实，我就是这么好，这么贵。远看，是这样；离近了看，也是这样。

矜贵也不是摆出一副冷若冰霜的冰美人样子，你给我什么，我都拒绝。这样的拒绝，最后留下来的，往往都是脸皮足够厚的，却未必是有能力给你美好爱情的人。

矜贵是什么？是我有自己活着的方式，有我自己的一些原则，这些是我在岁月的磨炼中得到的馈赠，我知晓只有这样自己才能活得好。

但现实中，很多女人，用的是两套标准：对不喜欢的人，一切都是错的；对喜欢的人，什么都可以为之妥协放弃。

有女朋友曾经跟我说起，她一直有一个不解之谜：她的另一个女朋友，美得堪比明星，事业也算成功，追求者众多，可每次恋爱以后，都是痛彻心扉，人钱两伤。

她问我：难道真的有宿命这一说吗？我就是遇不到良人。

不是遇不到，而是一旦到了爱情里，她就开始放弃自己的矜贵——等了那么久，终于有个人来爱我，满腔的脆弱、委屈、矫情，倾泻而出，都需要补偿。

一到爱情里，她就变成了另外一个人，一个不讲道理的小女孩，一个失去理智的小女孩，一个事业都不要了只要被爱的小女孩。可是抱歉，对方之前看到的、被吸引的，完全不是这样的一个人啊。这就像他本来以为买到的是一个经得起岁月考验的限量奢侈品，结果发现，他得到的却是一个脆弱的仿制品。

这是很多女人，对爱情的一个误解。她们一面假装自己很好，假装自己很强大，假装自己足够优秀。

另一面，却渴望在爱情里做另一个自我，一个得不到的自我，一个没被父母满足过的自我。

这没有什么错。

只是，在爱情的剧本里，她们准备好了很多剧情，等待一个人来陪她们演。如果那个人配合不了，她们就备感受伤。

然后，这段剧情，慢慢就变了味道，开始有怀疑、折磨、控制，最后相互怨恨。唯有离开，唯有断舍离这段感情，她们才能回到那个"假装很好"的自己。

这是感情里，惯常的悲剧。

一厢情愿地把对方想象得无比完美，凑近一看却是满地待收拾的残渣。

他没有你想象的那么强大，担不起你前半生的所有心碎。

你也没有他想象的那么矜贵，满心都是易碎的玻璃珠珠。

对优秀的男人而言，这世上只有两种女人。一种是可以套餐式对待的，三分真心，剩下的都是成熟套路，这就是俗称的交易，因为太容易就能看到她们害怕失去的脆弱和恐惧；而另一种是套路统统不起作用，他发现根本不需要套路，因为控制没用，恐吓没用，交易也没用。

他只用做真实的自己就好，因为你也是真实的，不是假装的。

因为，不怕失去，才能长久；相信所得，才能长久。

所以，女人需要见识，女人更需要修炼。

不只是修炼皮囊，更是修炼自我内外的统一。皮囊总归是假象，真正肌肤相亲之后，谁都盖不住内心最真实的样子。真正好的东西，外在和内在都是一样的精工细雕，都一样经得起挑剔的眼光。知道自己，就是值这么贵。

我很欣赏刘嘉玲当下的状态，盛装时艳光四射，日常素颜爬山也无惧被人说丑。不管是跟富翁还是跟后辈在一起，都无须耍大牌，把自己的明星感武装到牙齿。这是一种松弛，因为，她知道自己整个人是无价的。这样的松弛，是无论女人还是男人，都最难达到的一种状态。

经历过巅峰，也掉落过谷底，知道人生本就是有起有伏，起起伏伏中，终于找到了一个最稳定的自我。不管是穿爱马仕，还是穿优衣库，都是一样的自在。不会再因为被谁所爱，就飞上九天；也不会因为遭到贬低，就跌到尘土里。

这样的人，是真矜贵。

真正好的生命，
是一条能量流动的河流

我也有过崩溃的时候。

十年前，我心里只有工作，像很多人一样觉得只有靠自己才能出头。对朋友，也是尽量多帮助她们，却很少向她们寻求帮助。时常在自己心力交瘁的时候，一个人躲在卧室号啕大哭。这其实是自己给自己做了一扇上锁的门，别人根本不知道你需求什么，你却总在抱怨付出与回报太不成比例。

我用了十年的时间学会了示弱，学会了依靠他人，学会了放手。这个有多难，我相信只有和我一样的人才知道。

但你必须要学。

是什么时候发现，坚强并不是一件令人骄傲的事情呢？是从一个朋友的一段直言开始——你从来不跟我们说任何的困惑和烦恼，你那么强大，我们真的不知道可以帮你什么。时间久了，就忘记应该要做点什么了。

我真的从来没有说过吗？仔细想想，还真的是如此。

比如朋友问：最近在忙什么呢？我总是回答：没有忙什么啊。心里想着，都是些琐事，说了大家也帮不上什么，徒增烦恼。在一起喝茶聊天的时候，爱说话的朋友们忙着讨论工作的事、家庭的事、孩子的事，我也忙着给她们出谋划策。等到她们说完，我似乎也没什么可说的了。原来，在我潜意识的深处，竟然有一块空白的处女地，是我从来没有想去开垦过的——除了付出，除了妥协，我还可以用什么样的方式来维系关系，来证明自己的存在？

如果你也和我一样，有一个坚强到从不轻易倾诉委屈，也不向人求助的母亲，我想，你很可能跟我一样，人生有这样的一个空白。这样的人，即使拎着大箱子出门旅行，也从来不会跟身边的壮汉求助说：可以帮我把箱子放到行李架上吗？

还记得有一次，早早地跟朋友说了要去青岛。到了之后，告诉她我已经到达，我就等着她主动约我。第二天她没有主动问我，第三天也没有。第四天，我已经到了机场，她说：你忙完了吗？要不要见见？我说，我已经要走了。她竟然很生气地说：我都不知道你来几天，有什么其他安排，才不敢打扰你。你太不把我当朋友了。我感激她的生气，因为从前朋友总是客气地说：噢，那下次再约吧。而她的生气，捅破了那层客气的窗户纸，让我知道：错不在她，而在于我。

那个时候，我才突然想起这样的话，先生也同样跟我说过——你每次都已经安排好了，我似乎只能配合你。我不问，你也很少要主动跟我说，你需要我做什么，在什么时候，需要我提前空出时间。

他说这些的时候，我不以为意，觉得都是不关心我的借口。等到这样的事情再次出现的时候，我才理解他的苦衷——我并没有为他留出足够的空间，让他在我这里产生足够的价值。也许我想过无数次，为什么他不帮我做某件事，但我的潜意识已经支配了我的行为——说了也帮不上，还是自己做更快吧，为什么他不能自己发现并且主动提出呢？

更多的时候，内心做出了各种假设和判断：别人也很忙吧，还是不要打扰他了。主动说了，说不定还会被拒绝，那多没面子。于是，这样的行为，真的就一次次证实了潜意识的结论——还是靠自己最靠谱吧。

直到我发现，原来，需求是需要主动说的。

当你心里真的给对方留出空间，一切都变得不一样了。当你真的敢去依赖，并且直言那份依赖的时候，你才是真正强大的。

在女人成长的路途中，似乎有太多的道理和观点，都在让我们变得更无畏、更勇敢，学会为自己负责。

在我十几岁的时候，我每天都要骑自行车上学，风雨无阻。有一天下雨，我一边打着伞，一边骑车。没来得及闪躲，就被对面来的车撞倒了。当我推着车，一瘸一拐地回家时，我妈见我说的第一句话，不是问有没有摔伤，而是抱怨我为什么这么不小心，车撞坏了，她又要去给我修车。

在我父母的教育理念中，他们没有儿子，女儿承载的就是整个家庭的希望，他们害怕教出一个脆弱无能的孩子，所以，他们极尽所能地施加压力，要求我像男孩一样坚强、勇敢。即使哪天发烧，拔掉针头，退烧了，就可以立即回到教室上课。

成年之后，我感激这样的教育，他们用这样的冷酷，培养出一个坚韧的女儿。这些当然都没有错。只是这个过程也伴随着极致的孤独。对于天生缺乏柔软能量，被逼着勇敢坚强的女人来说，她们弓箭上的那根弦已经被拉得很满了，再用力，其实已经濒临崩断。

这就是为什么平时看起来坚毅的女人们，时常需要躲起来号啕大哭，或者因一件小事而情绪失控。因为，她们的内心，都忙着在要求自己，都忙着在付出，忙着输出能量，却很难从身边的人身上吸取到能量，这样的能量失衡，长久下去，是要出问题的。

中国的传统文化里，讲究如水的智慧。

我总以为，水的智慧，在于包容，在于坚忍。现在我才明白，水的智慧，在于循环，在于借势，如果没有天上之水，如果没有汇聚万千溪流，一条河迟早会干涸。

这就像储蓄和理财的区别。如果你不懂，你的钱就是死的，只有固定利息，再辛苦，也跑不赢通胀。一旦你学会了，你的钱就流动起来，你投资自己，也投资别人，钱能自动生更多的钱。

真正有力量的女人，绝不是让自己强大到无坚不摧，而是像一座有很多窗户、门的房子，外面的人看得见里面的风景、而里面的人，也能看到外面的风景。

我们互为彼此的风景，真正参与到彼此的人生中。

你是否经常苦恼于身边的人不了解你？
你是否很少敢直接向他人寻求帮助？
你是不是常常习惯于埋头苦苦煎熬？
你是否觉得自己的付出远比得到的要多得多？

或许，是时候做出改变了。

真正好的生命，是一条可以流动的河流。在流动的过程中，既能输出水分去滋养他人，更能接纳水流的汇入。当身边的人再给予我爱、关心、呵护、帮助的时候，我不再忙着挑剔、否定、怀疑，而是笑着接纳这份爱的能量，然后诚恳地告诉他们，我真的需要他们的爱。

这真的是我十年以来，人生最大的进步。

一个人的内心，
什么时候最富有

我大学毕业以后，才发现以前的委屈和难过，真的是不值一提。学校课本教给你的东西，没有多少能用到工作上。在办公室里，你就像个一无所知的新生，没有人管你过去多么优秀，也没有人关心你的心情好坏，老板和同事只在乎你能做多少事，盯着你别把事情搞砸了。而且已经不好意思再找父母要钱，为了房租、生活费，不敢辞职，只能咬牙挺下去。越咬牙，越觉得煎熬。

在这样朝九晚五的工作里，开始后悔自己当初为什么要选这个专业，又选了这个工作。常常羡慕别人的专业和工作。贫穷感就是从那个时候开始的——穷，不仅是因为微薄的薪水，更是因为讨厌当下的工作，所以并不相信自己能靠这个工作改变什么。

很庆幸的是，很快我就遇到了为我打开一扇窗户的某个人。她是我的同事，已经是栏目主编。熟悉了之后，我才知道，她并不是科班出身，既不是中文系的，也不是新闻系的，而且连大学都没有上过。当年中专毕业的她，来到广东打工，在东莞一家工厂里给老板当秘书，那完全不是她想要的工作。她喜欢读书，她也喜欢写作，于是她努力攒钱，学会了说粤语，来到了深圳，从一个三流杂志的小编开始做起，在三十岁以后成了主编，而且在报纸上有了自己的专栏。

她跟我说：你如此不屑的工作，却是我努力了四五年才拿到的。她问我：你到底是因为不喜欢这份工作，还是因为自己搞不定工作？你都没有真正努力过，怎么就知道自己不爱？我才猛然意识到，是工作上的挫败感让我不喜欢，是办公室冷漠的环境让我不喜欢，我把时间精力都花在了这些情绪上，而并没有去想，我该做些什么，去改变这样的现状。

当我调整情绪，努力去钻研到底要怎么样才能写出好稿子、取个好标题，并主动加班恶补所需的专业知识的时候，我竟然发现这个工作充满着乐趣。想到一个绝佳的标题，写出一篇震惊同事的稿子，做到别人做不到的事情，这都是极大的乐趣，可以给你带来无比的成就感。原来，热爱这件事并不是天生的，当你在一件事上花费足够的时间和精力，你就会爱上它。

热爱和喜欢不一样。

很多人说喜欢摄影，买了相机，一年用三次，两年后还是那个拍照水平。

很多人说喜欢唱歌，不过是去KTV唱唱，既不会花时间学习，也不会去一遍遍练习。

只有排除万难，深入其中，勇往直前，今天比昨天更优秀，明天比今天更卓越，你才有资格说：我热爱它。

热爱你的工作，能让你内心充盈，更加自信，让你感觉未来充满希望。你会开始相信，即便当下贫穷，但总有一天能靠自己过上自己想要的生活。你的内心会感到比从前富有。

如今，我也确实靠着这份热爱，过上了自己想要的生活。

那些在三十岁内心深处渐渐变得强大、充实的人，都是因为开始懂得什么叫热爱。日本的经营之神稻盛和夫，和我有过类似的经历。他原本想当个医生，可是却只能在一个陶瓷厂找到一份工作。工厂濒临倒闭，他跟其他的员工一起天天抱怨，决心离开，却被哥哥臭骂。于是他决定换一种活法，每天吃住在工厂，疯狂地投入工作，最后奇迹般地搞出了新发明，让工厂扭亏为盈，后来更创办了世界级的企业——京瓷。

这样的经验，让稻盛和夫明白了一个真理：人的命运绝不是天定的，它不是在事先铺设好的轨道上运行的，根据我们自己的意志，命运既可以变好，也可以变坏。

后来，稻盛和夫更是总结出一个创造力方程式：人生工作的结果＝能力×热爱×思维方式。

其中，最难做到的是热爱，因为只有热爱，才能让一个人持续地用心做一件事，而不只是机械地重复做一件事。

热爱，不同于爱，不需要天时地利的缘分，需要的只是一颗守护自己的心，慢慢来，守住那一方天地，不断精进。这是一个美妙的过程，是人在成熟后得到的一种体验，它并非爱情，但却同样能提供幸福感。

《欲望都市》二十周年，到底教会了女孩们什么

《欲望都市》开播到现在居然有二十年了，算一算，从我看这部剧到现在居然也有十年了。人生总是这样，过的时候觉得难过，回头一看，那么多年嗖的一下就没有了。

那一年，我还是一个在办公室朝九晚五的单身姑娘，爱情、事业都不知道在何方，不知道如何融入深圳这个城市，却也不愿意回小城市。下了班也不知道该做什么，正好遇上了这部《欲望都市》。

四个生活在纽约的女人，凯莉、米兰达、夏洛蒂、萨曼莎，性格迥异，却又无话不谈。她们都不是绝顶漂亮，还有明显的性格缺陷，但你一定会爱上其中的一个人，那个人身上有你的影子。

说它改变了我的人生，丝毫不为过。不只是时尚启蒙，更多的是让我知道了如何从天真的少女成长为真正的都市女性。

1. 美才是都市女性真正的盔甲

不管遇到什么事，都要把自己拾掇得像样。有一个像样的衣帽间。知道不同风格的衣服要配不同的包包和鞋子。起码要有三种场合可以穿的衣服——职场、休闲度假、正式场合。在家可以放松，但不要邋遢。

如果你是单身，那就更要多花点心思，因为不知道 Mr. Right 会在哪个转角出现，还有可能突然撞上前男友和他的新欢；如果你在一个大公司，如果穿着糟糕，你的上司和客户，他们只会用眼角余光瞅你一下，都不打算跟你做眼神交流。但城市里，每个人都太忙，已然习惯了十秒钟扫视一下，就对一个陌生人做出判断。形象和气质好的人，注定会在城市里获得更多机会。

但这并不意味着要穿得花枝招展、夺人眼球，一个大城市足够容纳多种多样的美。

你想成为什么，先穿得像什么。

不管这四个演员有多少帖子去扒她们的本性跟角色的差距有多大，追过剧的人都相信，她们就是作家、律师、艺术家经纪、公关高手。因为她们看起来就是那样。

不用朝九晚五的凯莉，时常各种风格混搭，自由，别具一格，不走寻常路；

争做律师事务所合伙人的米兰达，穿中性、干练的套装，营造出专业、精明、可信赖的形象；

懂艺术的学霸夏洛蒂，最爱同色系的套裙、连衣裙，表露良好的出身，优雅、知性、大方；

长袖善舞的萨曼莎，偏爱造型夸张耀眼的潮流设计，随时上场，都能成为聚会焦点。

要穿错过、买错过多少衣服，才能真正穿得美，并且真正像自己，让人记住——那就是你的风格。五年、十年，这个过程，看似是学习变美，其实是你通过这个过程找到自己，找到自己的位置。

当凯莉走到衣帽间，开始思考今天要穿什么，其实也是在想：今天，我希望自己是谁？我想展现什么样的自己给他人？当你比从前美丽，当你习惯了美丽，当你在任何时候都不放弃自己，这份美丽，其实就变成了你最好的铠甲。

2. 你要勇敢地去追寻同类

小城姑娘要融入大城市，有天然的劣势。到了大城市，遇到那些家境好、审美好的人，天然就有一种自卑感，即使面对他们的邀约，先是开心，然后迅速盘算一下：找不到一件像样的衣服，算了，拒绝吧，还是别去了。

到了大城市，你才逐渐放下天真，原来任何东西都是有门槛的。商场是有门槛的，不同的人逛不同的商场。房子是有门槛的，不只如此，连小区也是有门槛的，不同的人住不同的小区。社交是有门槛的，名校有名校的圈子，豪门有豪门的圈子，而你去过同乡会也许就不想再去下一次。但如果你就此宅在家里逃避一切社交，你是不会爱上这个城市的，这个城市的一切都会与你日渐疏离，发生的事情也都与你无关。

《欲望都市》对我最大的启发，是让我知道，一个女孩不要只是为了爱情而走出去，你的青春不要只是拿来等某一个人，那是极大的浪费。离开了血缘关系、同学关系这些你自然而然获得的关系之后，你自身的环境，是要靠你努力来争取和经营的。

这部剧之所以这么动人，不是单靠华服美衣，也不是靠让人向往的套路爱情，而是，原来你可以拥有比爱情、亲情更真挚动人的关系。

无论季节流转，时尚变迁，你们都会坐在那家最喜欢的咖啡馆，聊起最近过得怎么样，说起那些倒霉的事，吐槽感情里的那些水火不容。在你最难的时候，不知道该怎么走下去的时候，你知道拨通谁的电话，不会被拒绝和敷衍。在你什么都不想说的时候，你知道约谁陪你喝一杯酒，陪你在KTV里唱到泪流满面。

那是你除了家人、爱人之外，微信里能够置顶的人。这样的人,不是你坐在家里等来的,是你吸引来的。只有彼此都有同样的坚持、积极,有相似的能量场,才能相遇并且一起走下去,相互扶持。我拥有这样的老闺蜜们,如果在一个城市,不管多忙,也要见面。不在一个城市,会因为想念,而飞去对方的城市。她们是我的浮生安慰。

世上总会有人,真诚地爱你、关心你,是你后天的亲人,这样的关系值得你去寻觅、付出、经营,因为或许到了最后,只有她们能陪你到老到死。

3. 你要自己来定义你的感情

从剧版到电影版,我们看着凯莉在不同的恋爱里,伤人,也被人伤,到了四十岁,才与大先生最终走入了结婚殿堂。

看着米兰达成为单亲妈妈,带着怀疑和满身的刺,与前男友分分合合,最后一次次妥协,放下挑剔和骄傲,组建家庭。

而向往成为贤妻良母的夏洛蒂,风光嫁给高富帅,却不能接受这段无性婚姻,还要接受自己没有生育能力的事实。在艰难的离婚官司中,遇到犹太律师,这对欢喜冤家最后有了两个可爱的公主。

风风火火的大女人萨曼莎,不相信婚姻,享乐至上,因为癌症,发现身边的小鲜肉发自内心地爱她,对她不离不弃。然而,在这段稳固的感情关系里,她最终还是选择了回归自我。

这样的经历是如此真实,通过这性格迥异的四个人,把生命里那些无常,把爱情的易碎,把人性的弱点,全都展示给你看。

让我知道,原来,这就是我以后可能会面对的人生结局。不是所有人都应该、必须在三十岁之前结婚生子。这并不是像父母认为的那样,是被编进每个人人生基因的代码。

假如我不能在三十岁前遇到那样一个人,顺利嫁掉,该怎么办?我当年真的花时间好好想过这个问题。然后,我决定,不再对感情和婚姻寄托太多的希望。

我要把更多时间拿来好好过我的人生。我要丢弃过去的那种爱情价值观。

我们这个年龄的女孩,大部分在成长期被灌输的都是同一种爱情观:一定要找比我强的男人,我一定要仰视他、依赖他,才能感觉到这是爱情。自我是什么,在感情里如何保有自我,没有人教过我们。也没有人告诉我们爱情如穿衣,可以有各种风格和样子。

没有人的人生,是可以被复制的。没有人的爱情,应该是一模一样的。你的感情,应该由你自己来定义。

当年看《欲望都市》,室友对萨曼莎的那些十八禁画面惊叹不已。对于三十岁的纽约女人来说,她们不常说恋爱,而是说dating(约会)。我单身,我就拥有跟任何单身男人约会的权利。

每一次约会，都是一次冒险。

但每一次过后，无论成功失败，你都会离自己心中的定义更近。当这些都渐渐清晰的时候，所谓的答案就自然到来了。

后来，我开始知道，我要的就是势均力敌的爱情，我并不愿意成为谁的附属品。

谢谢这四个女人，陪伴我走过那沉浸在迷雾里的一段路。或许当年，很多人都和自己的女朋友们讨论过，自己是这四个人中的谁。当年很多人说我像米兰达，但我想，如今我谁也不是，但她们都各有一部分变成了我的一部分。我不是当年的我，我也依然还是当年的我。

那么，你呢？

等你有钱了，
就一定有生活吗

最近在准备装修杭州的新家，我也研究了各种家居杂志、装修公众号，最后放弃了种种看起来很上镜的装修风格，而选择了可能最舒服也最实用的一种方案。墙面用最简单的白色或米色，地板用最实用的实木复合地板。因为有孩子和老人，买家具首先考虑收纳空间，满足我的收纳控，让空间看起来整洁。不准备买华丽的吊灯，也不准备买看起来更有格调更复杂的美式家具、欧式家具，但一定要买一个好的中央空调，配上地暖，老人孩子都可以舒服度过杭州阴冷的冬天，以及炎热的夏天。

偶尔路过一些家具店，价格和样式都很好，但那感觉就像一件缀满了钻石的礼服，只适合偶尔穿出来秀秀走红毯，真的不是一个日常的家应该有的样子。

这样和先生达成共识以后，突然感觉心情就放松了，压力小了，也没有那么焦虑了。管它什么风格不风格，温暖、舒服、简单好看，就是我家的风格。

台湾著名作家蒋勋去一位亿万富翁朋友家做客，那个豪宅找了日本最著名的设计师来装潢。他一进去，主人就一个劲儿地殷勤介绍：这是明式家具，这是意大利最贵的床，这是全进口的厨具。他参观了一圈，发现有些厨具上的胶膜都没撕。整个屋子里没有一点烟火气。蒋勋在心里感叹：难道家是装给别人欣赏的吗？

哈佛大学最受欢迎的幸福课主讲人沙哈尔教授说：人们越来越有钱，却越来越不快乐。我想，那是因为，太多人为了更有钱，其实逐渐远离了生活。

《相约星期二》是我很喜欢的一本书。米奇是一个陷入成功焦虑症的人，偶尔知道他曾经的大学老师莫里已经病入膏肓，老人说愿意把这一生的智慧传授给他。于是，他每星期二都飞越七百英里去老人家里上课，而最后一堂课是老人的葬礼。

在某次课中，莫里对米奇说：如果你想对社会的上层炫耀自己，那就打消这个念头，他们照样看不起你。如果你想对社会的底层炫耀自己，也请打消这个念头，他们只会忌妒你。

当时这段话，让我内心感受到震撼。

年轻的时候，我想，许多人都有过这样的念头：倾尽薪水去买一个名牌包，以为这样就能被人高看一眼，却并没有买到真正的自信。以至于有一个笑话说，下雨的时候，看一个人是把名牌包小心护在怀里，还是顶在头上，就知道这个包是不是真的名牌。到后来就知道，真正的自信，来自你的才华，来自你见的世面，而不是来自你背什么包。

到国外旅行的时候，你很少会看到像国内这样满目都是名牌logo（标志）的衣服或者包包，但路过一间屋，能看到里面花草茂盛，庭院干净整洁。比起把全部身家都穿在外面，他们更愿意把钱和时间花在家里，花在陪伴家人上面。这两种截然不同的价值观，一定会引领人走入不同的生活方式。

我身边一个中产妈妈，周末根本没有时间做别的，跟着孩子轮轴转，送他去各种兴趣班。孩子除了正常课程之外，要上六七个兴趣班，每个学期花费十几万。孩子说：妈妈，我真的心好累。我跟她说：孩子还小，需要一点玩的空间。她很不屑地说：你看看别人家的孩子，英语都能说得很流利了，钢琴都考级了，作为父母，我必须要对她的人生负责。现在不努力，以后她没钱了只能哭。

我很想问她：你负责她的快乐了吗？以后她有钱了，也未必会懂得笑吧。但最终还是没有问出口。

成年人的生活有两种：一种是"生活给别人看"，有钱了，也不会有品质更好的生活；一种是"生活给自己看"，不用很有钱，也可以过上有品质的生活。

前一种是不断给自己的生活做加法，还可以更忙，更有钱；后一种是开始给自己的生活做减法，专注一两件事，把更多时间留给生活。

我常常也会反思自己——还不够努力，还不够勤奋。也有读者抱怨我不似其他公号更新得那么勤快。但我后来，总是会原谅自己——我的人生很贵，并不想全部出卖给虚荣和欲望。我可以少买一个包，少买一双鞋，但不想错过生活中那些点滴的小确幸。其实做了自媒体以后，我已经少了很多很多陪伴先生和孩子的时间。所以，我不想更少了。

前几天和朋友聊天，她说：我们这样的人注定做不了太有钱的人吧，因为太贪图享受生活，会因为一杯好茶、一站风景停下来，春天来了想去探春，秋天来了想去踏秋，不舍得把时间都拿来赚钱。我跟她说：但至少，我们闲下来的时候，不会焦虑地问自己——我这样努力，也并没有更享受生活，到底是为了什么？

钱，的确可以买到很多。但好的生活方式，不是只靠钱就可以买来的。

三十三岁终于知道：
为什么人生不争就是争

朋友们说我状态越来越好，好像很少听到我抱怨，感觉我好的坏的都能接受，情绪稳定得不像一个女人。其实我只是学会了一点，还是跟我先生学的。他总是不太记得路，我问他去过好几次的地方为什么还是不记得，可他工作报表上的那些数据却能记得一清二楚，他说：大脑内存有限，能不占内存的尽量不过脑子。

这真的是男女之间莫大的区别，女人总在关心各种细枝末节，而男人却能假装没看见一样跳过去。所以很多女人到了中年，大脑基本就被琐碎之事占领，情绪化就会越来越严重，因为没有目标，看不到远处，只能看到眼前的一地鸡毛。

过了三十岁，我学会一点：遇到事，问自己—— 这事重要吗？这个人重要吗？不重要，那我为什么要为此浪费时间、浪费精神呢？快速略过，做重要的事。时间长了，你会发现，脑子里自动就会把事情和人按照重要性排序，而不是按时间排序。当你能把生活中重要的事都做好，你自然就会发现，烦恼少了，纠结少了，效率高了。

1. 关于争还是不争

昨天看到刷爆朋友圈的文章："90后"已"出家"，都过上了"佛系"人生：有也行，没有也行，不争不抢，不求输赢。

我大概也能算是所谓的佛系。我知道，会有很多人说，这样看起来窝囊、懦弱，不求上进。但在我看来，这其实是人临近三十岁的时候，终于看穿自己，和自己和解。

不是别人要争，我就要争；

不是别人那样活，我就要那样活。

对有的人来说，他们活着的理想状态，就是不闹，不撕破脸皮，不吵架。他们的人生是为了达到这个目标而活，平静对他们来说，远比利益更有诱惑力。

那他们这样不会输吗？等爱争的人把局面弄得够糟以后，总要有人来收拾残局的。

这世上大部分的事情，都是不爱争的人完成的。对有的人来说，不争就是争。只是他们不和别人争，只和自己争。

人生很长，对我来说，不争反而走得更快一些。

我们曾如此渴望命运的波澜，到最后才发现，人生最曼妙的风景，竟是内心的淡定与从容；我们曾如此期盼外界的认可，到最后才知道，世界是自己的，与他人毫无关系。

2. 关于爱

多年前在深圳做活动，有读者问我，经营婚姻的秘诀是什么？我说，我快乐，你随意。她当年听到简直震惊，到今天，她依然记得这句话。过去这么多年，我依然没有变，依然是这六个字。

我知道会有很多人问：你对你老公就那么放心吗？他难道对你就没有要求吗？男人不管怎么行？

管，是非常低级的一种爱。如果你非常害怕失去一个人，这个人，最好你不要嫁，因为代价会非常巨大，你会无暇顾及自己，双眼只盯着他。

不是不管，而是谁又能管得了谁。有了孩子之后，你就会发现自己连三岁的小孩都管不好，何况是一个成年人。

人与人之间，有两种连接方式。

一种是用恐惧、害怕、愧疚连接，很多的原生家庭，父母和子女之间，都是用这些在做连接。这样的能量也能让人成长，只是内耗极大。不见会想念，见了面却马上就想逃离。

第二种是用信任、欣赏、支持连接,这样的感情内耗最小,你们的能量是叠加的。即使不在一起,却知道,他永远会在你身后,永远是夜空里的一颗星星。

所以,幸福的家庭都很相似,而不幸的家庭各有各的不幸。

关于爱情,我觉得我们之间用一句话总结就是:余生还很长,请多多指教。

3.关于命运

二十几岁的时候,有三十几岁的前辈跟我说:人一生有很多次机遇,你可能很多次都没有做对选择,但只要抓住了一次机会,就会顺起来,就会越走越好。那个时候,我内心全是问号:哪里是机会?我怎么一点都看不到出头之日?靠我自己,什么时候才能买房买车?

十年后,我终于能理解一些。

十几年前,我是一个默默在网上写日志的大学生,那时候已经有所谓的名博,我也曾羡慕过他们的风光。当年还曾经有一个人跟我预言说:你这风格不行,太温吞,永远出不了名。后来我出第一本书,编辑跟我说:你的文字不够犀利,也没有流行的鸡汤那样温暖,不是现在读者喜欢的类型。我跟他说,我不是为了迎合谁而写的。后来,我的书卖了一百万册。大概他们做梦也想不到吧。

命运给你的机会，不是那么明显地摊在你面前的。每一次，它会挑选那么一批人，让他们飞起来。然后所有人都会说：这些人好幸运，怎么就被他们碰到了。

他们不知道的是，人生就是一场排位赛。开始，我站在第一万名；等到下一波风来的时候，我终于挤到了一千名以内；再等到下一波，下下波，当你的排名不断往前，幸运之神才能看到你。

我当年看不到机会，是因为我站得实在太远了。

命运欣赏那些和自己赛跑的人。如果你和他人比，你永远都是输家，永远都有比你更有天赋、更有实力的人。人，只有和自己比，才有赢的可能。这是一场孤独的比赛，很多时候你看不到裁判，看不到终点，你心里会想：我为什么要跑？我到底要跑到哪里去？为什么身边都没有人？

命运是不会回答你的。

而当你够格得到命运回答时，你才发现，你已经不需要答案。

现在，我觉得，我正在等待着下一个答案的路上。

依然有困惑，依然有很多无力解决的事。

但活了三十多年，我依然还在相信的一件事是：这世上，永远没有更好的人生，只有更好的自己。

你变了那么多，
都是为了心中不变

闺蜜离婚之后，又开始恋爱，我问她跟以前比起来，恋爱最大的变化是什么。

她说：以前一恋爱，就恨不得把结婚生子的日程都排好了；现在只觉得，当下这一天过完再说，我做我该做的事情。

肯定会有人说：那是因为结婚生子都经历过了，当然就不急了。但事实上，最大的原因是发现，感情这回事，从来不是可以安排好的，也没有可参照的标准范本。嫁给安稳公务员，以为以后衣食无忧，却败给了无话可谈；找了事事听从自己的听话老公，却忍受不了他五年收入分文不涨；搞定了学生时代的高颜值男神，当年多少姑娘爱慕的对象，却三年跳槽三个行业，事业上毫无进展。

另一个朋友，离婚多年后，仍然会在半夜接到前夫电话，求她帮助自己渡过事业难关，十年过去，他还是那个扶不起的阿斗。我知道，很多姑娘会问，难道就没有幸福的模范吗？

当然有。结婚多年恩爱有加，只是老公生活不能自理，理财能力几乎为负，拒绝买房，逼得女方不仅要给他当全职私人助理，还要努力开启事业第二春，自己赚钱买房。还有每年飞行里程超十万公里的豪太，尽管先生身家过亿，感情甚笃，但自己游学、投资、创业，一个都不落下。

岁月静好也是有的，闪现在朋友圈那些美好的照片中，屈指可数。有时候难得聚在一起，居然没有一个人提起爱情，或者吐槽老公。闺蜜们笑着说：不用吐槽老公的人生，就证明是幸福的啊，难道不是吗？

比起当年爱得没有选择，爱了一个人就死心塌地、忘乎所以，我们都更爱这个"需要一直选择"的现在。有得选，永远好过没得选啊。不怕失去，永远好过天天担心会失去。

我们都变了，从只穿裤子，到可以优雅自如地穿裙子；从化妆手残，到十分钟化出一个清新干净的日常淡妆；从什么都不懂，到育儿、理财、投资、买房样样略懂；从不会开车的傻姑娘，到飞遍半个地球看世界的"野孩子"——也不过十几年的光阴。

朋友打趣说：如果当年那个大叔站在我面前，我一丝一毫都不会心动。因为当年他懂的,我已经懂了;当年他不懂的,我也懂了。原来他并不是那样高不可攀,我努力十年也能不输分毫。

但假如年轻的女孩在我们面前哭诉,爱一个人如何爱得死去活来,爱得失去自我,低到尘埃里,我也不会笑她,我懂那种心生向往的感觉。只是我会劝她:姑娘,如果你把花在他身上的心血精力花在自己身上,你会发现时光给予你的回馈,绝对高过这个男人能给你的。

她听不听得懂,我不知道。但早一点懂,或者晚一点懂,都不算迟。有的女人早熟,二十几岁已经知道时间该用来做什么。有的女人晚熟,爱情里打转十几年,可能三十几岁,可能四十岁,方知该如何打发时间。

只是人生的规则已然这样:你不变,别人会变,世界会变,等你发现一切改变时,就变成了惊涛骇浪。

世界会变,别人会变,你也会变,但总会有些不变。那些和你保持同频的人与事,就是你人生的岁月静好、相濡以沫。有些人离开了,我们相忘于江湖,无所挂碍;有些人留下了,我们携手看世界,相亲相爱。这是比一生一世一双人,更值得去追求的人生。

最重要的,这其实更简单。因为人生之苦,多半是执着于不可能，执着于明知道的假象，执着于求不得。

能变，能接受改变，就是选择了看清，选择了看开。

（全文完）

作者
十二

当代都市女性主义作家
"不畏将来 不念过去"品牌创始人
倡导女性自立、自爱、自信的理念
代表作《不畏将来 不念过去》畅销两百万册

已出版作品：
《不畏将来 不念过去》
《女心》
《贪心的女人更好命》
《最好的年龄才刚刚开始》

扫一扫,测测在经典文学的平行时空中,你是哪一个角色?
经典,你真的读懂了吗?

关注"2040 BOOKSTORE",
一张图,读懂世界经典名著。

不畏将来 不念过去2

产品经理｜章美惠	书籍设计｜付诗意
产品总监｜高一君	营销经理｜戴亚伶
执行印制｜路军飞	策 划 人｜王 誉

图书在版编目(CIP)数据

不畏将来 不念过去.2 / 十二著. – 杭州：浙江文艺出版社，2019.4
ISBN 978-7-5339-5606-6

Ⅰ.①不… Ⅱ.①十… Ⅲ.①散文集–中国–当代 Ⅳ.①I267

中国版本图书馆CIP数据核字(2019)第037366号

责任编辑　金荣良
封面设计　付诗意

不畏将来 不念过去2
十二 著

出版　浙江文艺出版社

地址　杭州市体育场路347号　邮编　310006
网址　www.zjwycbs.cn
经销　浙江省新华书店集团有限公司
　　　果麦文化传媒股份有限公司
印刷　河北鹏润印刷有限公司
开本　880mm×1230mm　1/32
字数　151千字
印张　7.75
印数　1–70,000
插页　2
版次　2019年4月第1版　2019年4月第1次印刷
书号　ISBN 978-7-5339-5606-6
定价　42.00元

版权所有 侵权必究
如发现印装质量问题，请联系调换。电话：021-64386496